FYODOR DOSTOYEVSKİ

İNSANCIKLAR

Can Klasik

İnsancıklar, Fyodor Dostoyevski
Rusça aslından çeviren: Sabri Gürses
Bedniye lyudi

1. basım: 2013
38. basım: Ağustos 2023, İstanbul
Bu kitabın 38. baskısı 10000 adet yapılmıştır.

Dizi editörü: Ayça Sezen
Editör: Faruk Duman

Kapak uygulama: Utku Lomlu / Lom Creative (www.lom.com.tr)

Baskı ve cilt: Pasifik Ofset
Cihangir Mah. Güvercin Cad. Baha İş Merkezi A Blok No: 3/1 Kat: 2
Avcılar-İstanbul
Sertifika No: 44451

ISBN 978-975-07-3960-6

CAN SANAT YAYINLARI
YAPIM VE DAĞITIM TİCARET VE SANAYİ A.Ş.
Maslak Mah., Eski Büyükdere Cad., İz Plaza Giz, No: 9/25, Sarıyer/İstanbul
Telefon: (0212) 252 56 75 / 252 59 88 / 252 59 89 Faks: (0212) 252 72 33
canyayinlari.com
yayinevi@canyayinlari.com
Sertifika No: 43514

FYODOR DOSTOYEVSKİ

İNSANCIKLAR

ROMAN

Rusça aslından çeviren
Sabri Gürses

can

Fyodor Dostoyevski'nin Can Yayınları'ndaki diğer kitapları:

Budala, 1982
Amcanın Düşü, 1994
Tatsız Bir Olay, 2005
Beyaz Geceler, 2009
Karamazov Kardeşler, 2010
Öteki, 2010
Yeraltından Notlar, 2011
Yufka Yürek, 2011
Ölüler Evinden Notlar, 2012
Suç ve Ceza, 2015
Uysal Kız, 2020
Ev Sahibesi, 2021
Kumarbaz, 2021
Timsah, 2022

FYODOR MİHAYLOVİÇ DOSTOYEVSKİ, 1821'de Moskova'da doğdu. Petersburg Askerî Mühendislik Okulu'nu bitirdikten kısa bir süre sonra edebiyatla uğraşmak için askerlikten ayrıldı. İlk romanı *İnsancıklar* (1846), dönemin ünlü eleştirmeni Belinski'den büyük övgü aldı. Daha sonra devlet düzenini yıkmaya çalıştığı gerekçesiyle tutuklandı; ölüm cezası, Sibirya'da dört yıl ağır hapse ve dört yıl askerlik hizmetine çevrildi. Dergiler çıkardığı ve Avrupa'ya gittiği dönemde hayatında bir talihsizlik dizisi başladı, eşini, kardeşini kaybetti. Alacaklılarının tehditleri üzerine, bir yayıncıdan aldığı borçla Avrupa'ya kaçtı. *Suç ve Ceza*'yı (1866) yazmaya başladı ve onun için aldığı avansla Rusya'ya döndü. Önce *Kumarbaz* (1866) romanını yayımladı. Aynı yıl tamamladığı *Suç ve Ceza*, eleştirmenleri ve okurları hemen büyüledi. 1867'de asistanı Anna Snitkina'yla evlenerek yeniden yurtdışına çıktı; dört yıl Rusya'dan uzak kaldı. Alçaltıcı bir yoksulluk içinde geçen bu dönem boyunca ülkeden ülkeye dolaştı. Dostoyevski, bu ağır yaşam koşulları altında da sendelemeyerek ikinci başyapıtı *Budala*'yı (1869) yazdı. *Budala*'yı, 1870'te *Ebedî Koca*, 1872'de *Ecinniler*, 1875'te *Delikanlı* izledi. *Karamazov Kardeşler*'i (1879-1880) yazmaya başladığında, artık ülke çapında tanınan ünlü bir yazardı. 1881'de Petersburg'da ölen Dostoyevski, Batılı ülkelerin edebiyat ve düşün yaşamında önemli bir rol oynamış, özellikle varoluşçuluğun temel kaynaklarından biri sayılmıştır.

SABRİ GÜRSES, 1972'de İstanbul'da doğdu. 1989'da Akademi Kitabevi Şiir Başarı Ödülü'nü aldı; aynı yıl Nişantaşı Anadolu Lisesi'nden mezun oldu. 1991'de Milliyet Sanat Aşk Öyküleri Yarışması'nda Başarı Ödülü aldı. *Gereksinimler, Elde Edemeyişler ve İlerlemeler* (şiir, 1990); *Unutulmuş Ay Altında* (1992), *Boşvermişler: Bir Bilimkurgu Üçlemesi* (1995), *Sevişme* (1996), *Maceraperest Turan Sözlüğü* (2013) adlı kitapları yayımlandı. 1999'da İÜ Rus Dili ve Edebiyatı Bölümü'nden mezun oldu. Yüksek lisansını İÜ Çeviribilim Bölümü'nde "Vladimir Nabokov'un Eugenie Onegin Çevirisi ve Türkçe Onegin Çevirileri" adlı teziyle yaptı. 2011'de Çeviri Derneği'nin Genç Soluk Ödülü'nü aldı. Rusçadan F.M. Dostoyevski, I.S. Turgenyev, A.S. Puşkin, İvan Gonçarov, Mihail Bahtin, Yuri Lotman, Sultan Galiyev, Andrey Belıy, Yuri Oleşa, Mihail Bulgakov; İngilizceden Joseph Campbell, Jonathan Lethem, John Smolens, Shusha Guppy, Don DeLillo, William Guthrie, Werner Sombart, Kim Stanley Robinson, Fredric Jameson, Slavoj Žižek, Karel Čapek çevirileri bulunmaktadır.

"Ah şu benim masalcılarım! Yararlı, hoş, keyif verici bir şey kalmamış gibi yeryüzünü incik cincik kurcalarlar!.. Onlara yazmayı yasaklamak lazım! Yani, bu şimdi neye benziyor, biliyor musunuz? Hani bir şeyler okurken... insan ister istemez düşünür ve türlü türlü saçmalıklar gelir aklına; cidden, yasaklamak lazım yazmayı; hiç düşünmeden, hepsine yasaklamak lazım."

V.F. Odoyevski[1]

1. Rus yazar, tiyatro ve müzik eleştirmeni, filozof, pedagog Vladimir Odoyevski'nin (1803-1869), "Jivoy Myortvets" (Yaşayan Ölü, 1838) adlı öyküsünden.

Bir büyük yazar doğuyor

"Yoksul insanda gurur olmamalıdır asla, asla!"

İnsancıklar ya da asıl isminin birebir çevirisiyle söylenirse "Zavallı, Yoksul İnsanlar" adlı roman, edebiyat tarihinin tuhaf zirvelerinden biridir. Hem yirmi üç yaşındaki bir gencin, Fyodor Mihayloviç Dostoyevski'nin yaşamında bir dönüm noktasıdır hem de Rus edebiyatının gelişiminde.

Tümüyle bir tesadüfün, bir çıkış arayışının, yoksulluktan, parasızlıktan çıkış arayışıyla bu arayışı edebî bir deneyime dönüştürme çabasının ortak ürünüdür bu roman. Petersburg'da mühendislik eğitimi alan genç Dostoyevski, memur olmak dışında bir seçenek aramakta, daha sonra *Beyaz Geceler*'de, *Ev Sahibesi*'nde, *Yufka Yürek*'te, *İkiz*'de anlatacağı hayalperest ve buhranlı bir tipin hayatını sürmektedir. Yoksulluk içinde yaşamaktadır ve buhranları bazen fiziksel, somut acılar, hastalıklar olarak dışa vurmaktadır.

Edebiyatla, hem yeni çiçeklenen ve doğalcılıkla romantizm eğilimlerini iç içe yaşayan yerli edebiyatla, hem de bu edebiyatla iç içe geçmiş olan yabancı edebiyatla, Balzac, Schiller, Hoffmann, Scott'la da ilgilenir. Ve ek gelir kazanmak üzere çeviriye yönelir. 1843 yılında kardeşi Mihail'le birlikte Eugène Sue'nun *Mathilde* adlı romanını çevirmeye başlar, ertesi yıl George Sand'ın *La dernière Aldini* adlı romanını çevirir. Bu yazarları tesadüfen seçmez: Eugène Sue dönemin eleştirmenlerinin sosyalist eğilimleri nedeniyle övdüğü bir yazardır, George

Sand ise bir çoksatar. Fakat çeviri yapmanın başarılı bir geçim yolu olmadığı kısa sürede anlaşılır. Kardeşiyle birlikte Friedrich Schiller'in tüm oyunlarını çevirmek üzere anlaşırlar, kardeşi iki oyun çevirir, fakat bunlar da kazanç getirmez. Son olarak, 1843 yılında, bir aşk macerası yüzünden, zengin bir dul kontesin peşinden Petersburg'a gelen Honoré de Balzac bir çeviri tasarısına esin kaynağı olur: Dostoyevski onun *Eugénie Grandet* adlı romanını çevirir. 1844 yılında yayımlanan bu çeviri eser, adının geçtiği ilk edebiyat ürünü ve onu kendi eserini yazmaya sürükleyen çalışma olacaktır.

1844 Eylül'ünde memurluktan bir süre önce istifa etmiş olan Dostoyevski kardeşine yazdığı bir mektupta *İnsancıklar*'ın doğacağını haber verir:

> *Eugénie Grandet* büyüklüğünde bir romanı tamamlamak üzereyim... Biraz değişik bir roman... Onu [Nekrasov'un yayımladığı] *Oteçestvenniye zapiski* dergisine vermeyi tasarlıyorum.

1844 Kasım'ında roman hazırdır, ama Aralık ayında neredeyse yeniden yazılır. 1845 Mayıs'ında roman son kez bir daha yazılır:

> Artık roman tamam, bu düzeltme son düzeltme oldu. Bir daha ele almamak için söz verdim.

Dostoyevski, romanı ilk olarak ev arkadaşı ve yazar Grigoroviç'e okutur. Grigoroviç duygularını şöyle anlatacaktır daha sonra:

> *İnsancıklar*'ı okumaya başlayınca daha ilk sayfalarda Dostoyevski'nin yazdığı şeyin benim yazdıklarımdan çok daha iyi olduğunu anladım; okudukça güçlendi bu izlenimim. O kadar heyecanlanmıştım ki birkaç kez kalkıp boynuna sarılmak istedim; fakat onun şamatalı, aşırı duygu gösterilerinden hoşlanmayan bir insan olması engel oldu bana.

Grigoroviç ertesi gün romanı alıp yazar ve yayımcı Nekrasov'a götürür:

Romanı baştan sona okudum ona. Son sayfada, yaşlı Devuşkin'in Varenka'ya veda ettiği yerde kendimi daha fazla tutamayıp hıçkırmaya başladım; yavaşça Nekrasov'a baktım; onun da gözünden yaşlar akıyordu. Artık daha da inanıyordum ona... Hemen koşup Dostoyevski'ye, saat geç olduğu halde (gecenin dördüydü) başarısını bildirmek istedim...

Nekrasov heyecandan şaşkın bir halde kabul etti... Ev arkadaşımın karakterini, onun yabaniliğini, aşırı hassaslığını, içine kapanıklığını bildiğim için, olanları ona ertesi gün, daha sakince, onu tedirgin etmeden anlatmam daha doğru olacaktı...

Ertesi gün kapıyı Dostoyevski açtı; yanımda tanımadığı birini görünce çekindi, bembeyaz oldu ve uzun süre Nekrasov'un ona söyledikleri karşısında sessiz kaldı.

Nekrasov oradan ayrılıp hemen eleştirmen Belinski'ye gider.

"Yeni Gogol doğdu!" der Nekrasov daha kapı ağzından.

"Bizde mantar gibi Gogol yetişir!" diye yanıt verir ciddi bir tavırla Belinski. Ama romanı alır.

Aynı gün, Belinski'ye tekrar uğrayan Nekrasov onu heyecan içinde bulur:

"Nerede kaldınız? Nerede bu Dostoyevski'niz? Genç mi? Kaç yaşında? Hemen getirin bana onu!.."

Belinski'nin evine getirilen yirmi üç yaşındaki genç yazar, daha sonra orada olanları şöyle hatırlıyor:

Ve işte... beni onun yanına götürdüler. Belinski'yi birkaç yıl önce heyecanla okumuştum, ama bana ürkütücü ve sert gelmişti ve benim *İnsancıklar*'ımla alay edecek, diye düşünüyordum. Beni çok saygılı ve ağırbaşlı bir şekilde karşıladı, ama daha bir dakika bile geçmeden her şey bambaşka oldu... Ateşli ateşli, alevli gözlerle konuşuyordu. "Siz kendiniz anlıyor musunuz?" diyordu bana tekrar tekrar, alışkanlığı olduğu üzere bağırarak, "Ne yazmış olduğunuzu anlıyor musunuz!.. Bütün bu korkunç gerçeği, bizlere göstermiş olduğunuz bu gerçeği siz mi düşündünüz? Olamaz, sizin gibi yirmi yaşında birinin bütün bunları anlamış olmasına imkân yok... Gerçeği keşfetmiş ve bir sanatçı olarak ilan etmişsiniz, size bir yetenek verilmiş, yeteneğinizin değerini bilin ve emin olun, siz büyük bir yazar olacaksınız!"

Bugün, yazıldıktan yüz elli yılı aşkın bir zaman sonra, *İnsancıklar* neden hâlâ okunmaktadır?

İki temel nedeni vardır bunun: Birincisi, bu roman Dostoyevski'nin ruhunu ve evrenini, eserlerinde anlattığı Petersburg'un dünyasını ilk kez ortaya çıkaran bir kitap olması nedeniyle okunmaktadır: Yaşlı Devuşkin ile genç Varvara'nın bir avlunun karşılıklı iki odasında oturduğu ve birbiriyle yazıştığı bina, Dostoyevski'nin özellikle ilk dönem eserlerinin neredeyse bütün kadrosunu, bütün o yoksul, dar gelirli insanları, memurları, ev sahibelerini, subayları vb. barındırmaktadır. Diğer bütün eserlerin, örneğin *Beyaz Geceler*'in, *Yeraltından Notlar*'ın, *Ezilenler*'in ve *Delikanlı*'nın kadrosu buradadır – hatta Raskolnikov'un bile o hezeyanlı planlarını Makar Devuşkin'in ve büyük olasılıkla Bay Proharçin'in de oturduğu bu binanın çatı katında yaptığını hayal etmek zor değildir.

Bu roman, Dostoyevski'nin dünyasını, onu bir yazar yapan dünyayı neredeyse tam kadrosuyla ve Dostoyevski'nin hayalindeki ilk haliyle sergilemektedir.

Diğer yandan, romanın kalıcı bir etki bırakmasının ikinci bir nedeni de, Baudelaire'le aynı yıl doğmuş olan Dostoyevski'nin bu romanla bir bakıma Rus modernizminin öncüleri arasında yer almış olması, en azından bu modernizmin temel karakterini ortaya çıkarmış olmasıdır. Bu romanda 19. yüzyıl sonu Rus romanının ele alacağı temel konuların hemen hepsi vardır neredeyse: Yoksulluk, paranın gücü, değişen toplumsal ilişkiler, entelijensiya, yani eğitimli, aydın kesim ile halk arasındaki uçurum, entelijensiya'nın hayalperestliği, edebiyat ile gerçek hayatın çelişkisi, yirmi yıl sonra Gonçarov'un Oblomov karakteriyle tipleşecek olan bir lüzumsuz adamlık hali, şehir ile köy karşıtlığı ve elbette, ironi, mizah. Büyük olasılıkla, Belinski'yi coşkulandıran şey, bir ilk eserde bütün bu konuların dengeli bir ölçüyle bir araya getirilmiş olmasıydı. Belinski bu romandaki doğalcı, gerçekçi öğeleri beğenmiş, ama bu romanın içinde kıvılcımlanmaya başlayan ve Dostoyevski'nin *İkiz*'de (*İkiz*, yani Rusçasıyla *Dvoynik* sözcüğünün Hoffmann'ın, Poe'nun kullandığı *doppelgänger* figürünün bir çevirisi olduğunu hatırlayalım) dizginlerini serbest bırakacağı modernist sesi tanımamış ya da yabancı bulmuştur.

N.M. Çirkov, *İnsancıklar*'daki şehir-köy karşıtlığına, *O stile Dostoyevskova* (Dostoyevski'nin Üslubu) adlı kitabında şöyle dikkat çekiyor:

> Bu romanın ve aynı dönemdeki eserlerin temel eylem alanı – kalabalık şehir, gürültü, ama en önemlisi sıkışıklık ve sıkıcılık, şehrin ve şehir sakinlerinin kasvetli görünümü, çevrede bulunan eşyaların gri, çamurlu, koyu renkli boyalarıdır. Dostoyevski'nin ilk dönem eserlerindeki kahramanların kaderini belirleyen ve çevrelerini saran dünya budur. Geçmiş, köy dünyasıdır, kahramanların hatıralarında her şeyin parlak renklerle dolu olduğu ve "her şeyin dingin, herkesin mutlu" olduğu bir dünyadır. Bu yüzden, insanların eski, güzel bir dünyadan kopmuş olmaları motifi önce *İnsancıklar*'da duyulmaya başlar.

Romanda bu eski, güzel dünya 3 Eylül günü kadın karakter tarafından şöyle anlatılır (Gonçarov, *Oblomov*'da buna benzer bir tasvire "Oblomov'un Düşü" adlı bölümdeki Oblomovka köyü tasvirinde yer verecektir):

> Köydeyken sonbaharı ne çok severdim! Daha küçücük çocuktum, ama o zaman da birçok şey hissederdim. Sonbahar akşamını sabahından daha çok severdim. Evimizden iki adım ötede, dağın kıyısında, göl vardı. Bu göl –şimdi gözlerimin önüne geliyor– bu göl öyle büyük, öyle aydınlık, öyle temizdi ki, kristal gibiydi!

5 Eylül'de erkek karakter, Petersburg'un yoksul ve zengin insanlarının yaşadığı semtlerin, Fontanka ile Gorohovaya'nın karşıtlığını anlatır:

> Biraz hava almak için Fontanka kıyısında gezmeye çıktım. Çok sıcak, nemli bir akşamdı. Saat altıda ortalık karar-

mıştı – tıpkı şimdiki gibi! Yağmur yağmıyordu ama sis vardı; sıkı bir yağmurdan geri kalmayan bir sis. Gökte uzun, geniş bulutlar şerit şerit ilerliyordu. Halk akın akın yürüyordu kıyıda ve hepsinin de yüzü sanki kastenmiş gibi korkunç, kasvetliydi; sarhoş adamlar, kalkık burunlu kadınlar – *çuhonka*'lar, çizme giymiş başı bağsız bekâr kadınlar, artel işçileri, arabacılar, türlü türlü ihtiyaçların peşindeki kardeşlerimiz; çubuklu önlüğünü giymiş, sıska, hastalıklı, yüzü yağ kaplanmış, eline bir kilit almış çilingir çırağı; iki metre boyunda bir emekli asker – işte böyle bir halk vardı. O saatte de anlaşılan başka bir halk olamazdı. Gemi kanalı Fontanka!..

(...)

Gorohovaya'ya saptığımda, ortalık iyice kararmış ve gaz lambaları yanmıştı. Uzun zamandır gitmemiştim Gorohovaya'ya – gidememiştim. Ne gürültülü bir cadde! Ne kadar çok zengin dükkânlar, mağazalar var; her şey ışıl ışıl yanıyor, camların arkasında kumaşlar, çiçekler, kurdeleli bir sürü şapkalar var. Bütün bunların süs diye konulduğunu düşünüyor insan – ama öyle değil, çünkü adamlar var, bütün bunları satın alıyor, karılarına hediye ediyorlar. Zengin bir cadde! Gorohovaya'da bir sürü Alman fırıncı yaşıyor; cadde halkının da hali vakti yerinde olmalı. Her an bir sürü araba geçiyor caddeden; köprü bütün hepsini nasıl taşıyabiliyor! Şatafatlı yaylı arabalar var, camları ayna gibi, içleri kadife ve kürk kaplı; soyluların uşakları apoletli, kılıçlı. Bütün arabaları seyrettim, içlerinde oturan kadınların hepsi de prenses ve kontesler gibi giyinmişti. Herhalde, herkesin balolara ve toplantılara telaş ettiği bir saatti...

Paris pasajlarını anlatıyor sanki Baudelaire.

Dostoyevski'nin sıra dışı yeteneğini fark eden Belinski, 1846 yılında, *İnsancıklar* yayımlandıktan sonra, *Peterburgski Sbornik* adlı dergiye yazdığı eleştirilerden birine, Dostoyevski'nin bu sıra dışı yeteneğini açıklamak üzere Puşkin'i örnek vererek başlar:

Sıra dışı bir yeteneğin ortaya çıkması okuyan ve yazanlar arasında tartışma ve anlaşmazlıklara yol açar. Eğer bu yetenek daha kuruluşunu tamamlamamış bir edebiyatın erken döneminde ortaya çıkmışsa, bir yandan heyecan dolu çığlıklarla, ölçüsüz övgülerle, diğer yandan koşulsuz bir yargıyla, koşulsuz bir olumsuzlamayla karşılaşır. Puşkin'de böyle oldu. Onda "Kuzeyli bir Byron" gördüler (Sanki Güneyli bir Byron varmış gibi!), "çağdaş insanlığın temsilcisi"ni gördüler, üstelik onun daha ilk eserleri için, özellikle de diğerlerinden daha zayıf olan ve artık benzersiz değerini kesinlikle kaybetmiş olanlar için söyleniyordu bütün bunlar; başkaları da onun eserlerini çocukluktan beri alıştıkları törensel gevezeliklere kıyasla şiirin seviyesizleştirilmesi, sıradanlaştırılması olarak görüyorlardı. Puşkin'i anlamak başka bir kuşağa kaldı ve bu da ölümünden önce gerçekleşmedi.

Ardından Puşkin ile Gogol ilişkisini değerlendirmeye geçer:

Ama Puşkin'in öncüleri için de onun üzerinde az çok etki bırakmış oldukları ve onların şiirinin az çok onun şiirini, özellikle de ilk denemelerini haber verdiği söylenebilir. Puşkin'in üzerinde çağdaşı olan Avrupalı şairlerin etkisi daha açık ve doğrudan olmuştu. Eğer Puşkin'in bu ilk eserleri bazılarına tatsız gelmiş, bazılarında da sadece yeniliğiyle değil, özgünlüğü ve kendine özgülüğüyle de tam bir hoşnutluk ve heyecan yaratmışsa bu, onun yeteneğinin ne kadar dâhiyane olduğunu gösterir. Ama her şeye rağmen onun ilk eserleri uzaktan da olsa Rus edebiyatındaki birçok kimseyi, ama yakın bir şekilde, yabancı edebiyattaki çok daha fazla kimseyi hatırlatıyordu; bu da ona başarısız ve yersiz bir şekilde verilen Rus Byron unvanının bir kanıtı olarak durmaktadır. Gogol'ün Rus edebiyatında bir öncülü yoktu, yabancı edebiyatta da benzerleri yoktu (ve olamazdı). Onun şiirinin soyu, ortaya çıkmadan önce, ima bile edilmemişti. Şiiri birdenbire, beklenmedik şekilde, başka hiçbir şiire benzemeden ortaya çıktı. Elbette, Gogol'ün, sözgelimi Puşkin'den etkilendiği reddedilemez; ama bu etki doğrudan değildi: Gogol'ün eserine yansımıştı ama deyim yerindeyse, Gogol'ün eserinin yüz hatlarına, çehresine yansımamıştı. Bu etki daha çok Puşkin'in, Puşkin'in kendisinden bile öne çıktığı bir dönemin etkisiydi. Tabii eğer Gogol, Puşkin'den önce gelmiş olsaydı, şu anda durduğu yüksekliğe erişemezdi. Ama doğrudan etki, yani Puşkin üzerinde ondan önceki Rus ve çağdaşı olan Avrupalı şairlerin (az ya da çok ölçüde, yakından ya da uzaktan) sahip olduğu etki düşünülürse belli ki Puşkin tarafından Gogol'e yönelik böyle bir etki, Gogol'ün eserlerinde herhangi bir şekilde bulunamaz.

Dostoyevski'yi ve *İnsancıklar*'ı bu çerçevede Puşkin-Gogol çizgisinin haber verdiği bir yetenek olarak değerlendirir:

> *İnsancıklar* ve yeni, sıra dışı bir yetenekle, Rus edebiyatı sahnesine çıkmaya hazırlanan bir yetenekle ilgili söylentiler, uzun zamandır bu romanın ortaya çıkışını haber veriyordu. (...) *İnsancıklar* gerçek bir başarı elde etti. Eğer bu roman herkes tarafından tartışmasız övgülerle ve tartışmasız heyecanla karşılandıysa, bu onda kesinlikle yetenek olduğu, ama sıra dışı bir şey olmadığı konusunda çürütülmesi imkânsız bir kanıt sayılırdı. Böyle bir çıkış üzücü olurdu. Ama çok daha iyi bir şey oldu: Şiiri anlama yeteneğinden kesinlikle yoksun olan insanlar ve iki-üç yazar bozuntusu dışında, herkes bu romanın hiç de sıradan bir yeteneğe ait olmadığını kabul etti. İlk sefer için daha fazlası istenemezdi.
>
> (...)
>
> En büyük, en dahi, en hatasız eleştirmen zamandır. Fakat, Dostoyevski'nin romanının Petersburg'daki herkes tarafından okunduğunu ve sadece Petersburg'un bu yeni şairin yeteneğiyle ilgili görüşünü sergilediğini unutmamak gerekir. Moskova'da onun *İnsancıklar* ve *İkiz* adlı romanları daha yeni okunuyor, taşradaysa daha okunmadı bunlar. Dostoyevski'nin Moskova ve taşrada ne gibi izlenimler bırakacağını öğrenmek çok ilginç olurdu. Ama bunu beklerken, kendi izlenimlerimizi değerlendirmekte gecikmeyelim.

Ardından, Dostoyevski üzerindeki Gogol etkisinin, Dostoyevski'nin özgürlüğünden ve bağımsızlığından geri planda kaldığını savunur:

İlk bakışta Dostoyevski'nin yeteneğinin satirik, tasvire dayalı olmadığı, yüksek bir yaratıcılık seviyesinde olduğu ve yeteneğinin hâkim karakterinin mizah olduğu yazdıklarına, ilk bakıldığı anda belli oluyor.

Hayatı ve insan kalbini tanımasıyla, yani deneyim ve gözlemle gelen bir şeyle etkilemiyor; hayır, bunları biliyor, hem de derinden biliyor, ama a *priori*, öncelikle, saf şiirsel olarak, sanatsal olarak biliyor. Onun bilgisi yetenektir, esindir. Onu kimseyle kıyaslamak istemiyoruz, çünkü bu tür kıyasları çocuklar yapar ve bunlar hiçbir şeyi açıklamaz. Sadece bu yeteneğin sıra dışı ve kendine özgü olduğunu, daha ilk eseriyle, eğilimi ve karakteriyle az ya da çok derecede Gogol'e borçlu olan o yazar kalabalığımızdan keskin bir şekilde ayrılmış olduğunu, yeteneğinin başarısının da buradan geldiğini söylemeliyiz.

Onun Gogol'le ilişkisine gelince, güçlü ve bağımsız bir yeteneğe sahip bir yazar olarak onu bir Gogol taklitçisi olarak adlandıramadığımız gibi, onun Gogol'e olan borcunun Lermontov'un Puşkin'e olan borcundan daha fazla olduğunu da söyleyemeyiz. Dostoyevski'nin iki romanında da (*İnsancıklar* ve *İkiz*) güçlü bir Gogol etkisi görülmektedir, devrik cümlelerde bile; ama Bay Dostoyevski bütün yeteneğiyle o kadar bağımsızdır ki şimdi onun üzerinde Gogol etkisi görülüyor olsa bile, herhalde, bu etki devam etmeyecek ve kısa sürede başka, sadece ona ait olan kusurlarla birlikte silinip gidecektir, yani Gogol sonsuza dek onun, deyim yerindeyse, sanatsal açıdan babası olarak kalsa da... Bay Dostoyevski'nin yeteneğinin, bireyselliğinin ve kişilik özelliklerinin ne olduğunu kesin olarak belirlemek hâlâ güçtür, ama bütün bunlara sahip olduğunda hiçbir şüpheye yer yok.

Yaygın bir kanıya göre Belinski, *İnsancıklar*'ı övmüş fakat kısa süre sonra yayımlanan *İkiz* adlı romanı beğenmeyerek Dostoyevski'den uzaklaşmıştır. Bu kanı genel olarak yanlıştır. Belinski *İkiz*'i *İnsancıklar* kadar iyi bulmamış, *İkiz*'de mizah öğesinin dengeli kullanılmadığını savunmuştur; asıl beğenmediği kitap *Ev Sahibesi* olmuştur. Yukarıdaki eleştirinin devamında *İnsancıklar* ile *İkiz* arasında temel farkı şöyle dile getirir:

İnsancıklar'a bakarak derin insani ve patetik öğenin, mizahi öğeyle kaynaşarak onun yeteneğinin temel karakterini oluşturduğu sonucuna varmıştık; ama, *İkiz*'i okurken, bu tür bir çıkarımın çok acelecilik olduğunu gördük. Doğru, sadece ahlaken kör ve sağır olanlar *İkiz*'de derin bir patetik, derin bir trajik renk ve ton bulunduğunu göremez; ama birincisi, bu renk ve ton Ikiz'de, mizahın arkasına, deyim yerindeyse, saklanmıştır, tıpkı Gogol'ün *Bir Delinin Güncesi*'ndeki gibi saklanmıştır. (...) Genel olarak Bay Dostoyevski'nin yeteneği, bütün büyüklüğüne rağmen, hâlâ o kadar gençtir ki kendini ifade edemez. Bu da doğaldır; ilk eseriyle her şeyi ifade etmiş olan bir yazardan çok şey beklenemez. *Zamanımızın Bir Kahramanı* ne kadar güzeldi, ama eğer biri çıkıp da Lermontov'un daha sonra ondan daha iyi bir şey yazamayacağını düşünecek olsa bu, onun Lermontov'un yeteneği hakkında çok iyi şeyler düşünmediğini gösterirdi.

Belinski, belki de bir bakıma, otuz yıl kadar sonra Paul Verlaine'in Avrupa modernizminin öncülerinden Arthur Rimbaud karşısında yaşayacağı coşku ve hayalkırıklığını Dostoyevski karşısında yaşamaktadır, çünkü onda onun geleceğini görmüştür:

Bütün bu korkunç gerçeği, bizlere göstermiş olduğunuz bu gerçeği siz mi düşündünüz? Olamaz, sizin gibi yirmi yaşında birinin bütün bunları anlamış olmasına imkân yok... Gerçeği keşfetmiş ve bir sanatçı olarak ilan etmişsiniz, size bir yetenek verilmiş, yeteneğinizin değerini bilin ve emin olun, siz büyük bir yazar olacaksınız!

Belinski haklı çıktı.

İnsancıklar, Rusçadan Türkçeye ilk kez, yayımlandıktan yüz sekiz yıl sonra, 1954 yılında, Nihal Yalaza Taluy tarafından, *İnsancıklar* ismiyle çevrildi. Rusçadan ikinci çevirisi 1970 yılında Ergin Altay tarafından, Nihal Hanım'ın benimsediği isimle yapıldı. Romanın bu üçüncü Rusçadan çevirisinde de,

Dostoyevski'nin koyduğu asıl isme en yakın biçimi veren "Zavallı İnsanlar", "Yoksul İnsanlar" gibi isimler kullanmak yerine, 1954 yılında ya çevirmen Nihal Yalaza Taluy'un ya da yayımcı Yaşar Nabi Nayır'ın bulmuş olduğu *İnsancıklar* ismini, yoksulluk vurgusunu hafifletse de seçkin bir buluş olan bu ismi korumayı uygun gördük. Bu isim, Nihal Hanım'ın romantikleştirici çeviri üslubunun bir yankısı olsa da, hem benimsenmiş hem de zarif bir buluş olarak korunmayı hak ediyor.

Sabri Gürses

KAYNAKÇA

Vissarion Belinski, "'Bedniye Lyudi,' roman g. Dastayeskova," *Peterburgski Sbornik*, 1846, 1848; *Sobranie Soçineni v Treh Tomah*, 1948.

N.M. Çirkov, *O stile Dostoyevskova*, Nauka, 1967.

Joseph Frank, *Dastaevsky: A Writer in His Time*, Princeton University Press, 2009.

Yuri Seleznev, *Dastayevski*, Molodaya Gvardiya, 1981.

Nisan

8 Nisan

Eşsiz Varvara Alekseyevna,

Dün mutlu oldum, aşırı mutlu oldum, akıl almaz derecede mutlu oldum! İnatçısınızdır, ama hayatta bir kez olsun beni dinlediniz. Dün akşam, saat sekizde, uyandım (biliyorsunuz canım, işten geldikten sonra bir saat kadar uyumayı severim), mumu aldım, kâğıtları hazırladım, kalemi çıkardım, sonra birden, tesadüfen bakışlarımı yukarı çevirdim... Yemin ederim, yüreğim hop etti! Benim içimden ne geçtiğini, küçük kalbimin neyi arzu ettiğini anlamışsınız! Pencerenizdeki perdenin ucunun tam da benim size söylediğim gibi kıvrılıp kınaçiçeği saksısına iliştirildiğini gördüm; o sırada pencerede zarif yüzünüzü görür gibi oldum, sanki odanızdan bana bakıyor, beni düşünüyordunuz. Ama o sevimli zarif yüzünüzü doğru dürüst göremediğim için canım çok sıkıldı güvercinim!

Bir zamanlar billur gibi görürdük canım. Yaşlılık mutluluk getirmiyor bir tanem! Daha şimdiden yaşardı gözlerim; geceleyin çalışıyorum, bir şeyler yazıyorum, sabahleyin bir bakıyorum gözlerim kıpkırmızı, sanki başkalarından utanmışım gibi gözyaşlarım akıyor. Fakat hayalimde sizin gülüşünüz canlanıyor meleğim, sizin iyi yürekli, davetkâr gülüşünüz; kalbimde de sizi öptüğüm zamanki duygular var, Varenka[1], hatırlar mısınız, meleğim? Biliyor musunuz güvercinim, beni bu arada parmağınızla tehdit etmişsiniz gibi geldi? Öyle mi oldu, yaramazım? Bunları mektubunuzda ayrıntısıyla yazmalısınız muhakkak.

Peki, ama şu sizin perdenizle ilgili icadımıza ne diyorsunuz, Varenka? Çok sevimli, değil mi? İşten döndükten sonra otururken, yatarken, uyandığımda, sizin beni düşündüğünüzü, beni hatırladığınızı, hem de sağlıklı ve neşeli olduğunuzu biliyorum. Perdeyi kapatınca, "Hoşça kalın, Makar Alekseyeviç," demiş oluyorsunuz, "uyku vakti!" Perdeyi açınca da, "Günaydın Makar Alekseyeviç", demiş oluyorsunuz, "Nasıl uyudunuz?" ya da, "Sağlığınız nasıl Makar Alekseyeviç?" Ne diyeyim işte, rabbimiz sayesinde sağlıklı ve sapasağlamım! Görüyor musunuz canımcığım, ne kadar hince bir fikir bu; mektuba da hiç gerek yok! Kurnazca, öyle değil mi? Ama zaten benim icadım! Peki, iyi yapmış mıyım Varvara Alekseyevna?

Size şunu söyleyeyim, canım, Varvara Alekseyevna: Bu gece hiç beklemediğim halde çok iyi uyudum, bundan da çok hoşnutum; oysa yeni taşındığı bir evde, yeni bir yerde insan asla uyuyamaz; bir sürü şey dönüp durur kafasında! Bugün bir şahin gibi ferah kalktım, neşe içinde uyandım! Bu sabahtan daha güzel ne var ki canım! Bizim evde küçük bir pencere açmışlar; güneşcik ışıl ışıl, kuşlar cıvıldıyor, hava bahar kokuları saçıyor ve bütün doğa canlanmış... geri kalan her şey de buna ayak uyduruyor; her şey yerli yerinde, baharda nasıl olursa işte öyle. Ben de bugün bol bol hayal kurdum ve hayallerimde hep siz vardınız Varenka. Sizi gökteki kuşla, insanları eğlendirmek ve doğayı güzelleştirmek için yaratılmış

1. Varvara isminin samimi kullanımı. (Y.N.)

kuşla kıyasladım. Hep şunu düşündüm, Varenka, biz insanlar, kaygı ve telaş içinde yaşayan biz insanlar, gökteki kuşların kaygısız ve masum mutluluğunu da kıskanmalıyız – sonra yine buna benzer bir sürü şey geldi aklıma; yani hep bu tür soyut karşılaştırmalar yaptım. Bende bir kitap var, Varenka, onda da aynısı söyleniyor, her şey çok ayrıntılı olarak yazılmış. Ben size türlü türlü hayal var diye yazıyorum, canım. İşte bahar geldi, bütün düşünceler artık tatlı, sert, ağdalı, hayaller de sevecen; her şey pembe. Bütün bunları ben yazdım size; fakat hepsini bir kitaptan aldım. Orada yazar aynı arzuyu şiirle dile getiriyor ve şöyle yazıyor:

Neden bir kuş değilim, keşke bir yırtıcı kuş olsam!

Falan filan. Türlü türlü fikirleri var böyle, Tanrı yardımcısı olsun! Ama siz bu sabah nereye gittiniz Varvara Alekseyevna? Ben işe gitmeye hazırlanıyordum daha, o sırada siz, bir ilkbahar kuşu gibi odanızdan çıktınız, avludan neşeyle geçip gittiniz. Size bakarken nasıl da neşelendim! Ah Varenka, Varenka! Kederlenmeyin hiç; gözyaşları acıya yardımcı olmaz; bilirim bunu canım, tecrübeyle bilirim. Artık siz daha sakinsiniz neyse ki, sağlığınız da biraz düzeldi. Peki sizin Fedora nasıl? Ah, ne kadar iyi bir kadın o! Varenka, bana onunla şimdi nasıl yaşadığınızı, her şeyden hoşnut olup olmadığınızı yazar mısınız? Fedora biraz homurdanır; ama siz ona bakmayın, Varenka. Tanrı yardımcısı olsun! Çok iyidir.

Size buradaki Tereza'yı yazmıştım, o da iyi ve güvenilir bir kadındır. Oysa ben nasıl telaşlanmıştım mektuplarımız için! Onlar nasıl gidip gelecek diye. Ama sonra işte Tanrı mutluluğumuz için Tereza'yı gönderdi. Bu kadın iyi, ketum, ağzı var dili yok sanki. Fakat ev sahibemiz çok acımasız. Onu paçavra gibi hoyratça çalıştırıyor.

Ben de nasıl bir gecekonduya düşmüşüm, Varvara Alekseyevna! Böyle ev mi olur! Eskiden sağır gibi yaşardım, siz de bilirsiniz: sessiz, sakin; bir sinek uçsa, sesi duyulurdu. Ama burada gürültü, bağırtı, gümbürtü! Tabii siz buranın nasıl bir yer olduğunu bilmiyorsunuz. Şimdi, upuzun bir koridor düşünün, kapkara ve pıs bir koridor. Sağ tarafında çıplak bir duvar, sol tarafında da bir sürü kapı var, tam bir otel gibi, yan yana sıralanmışlar. Tabii, otel odalarına benziyorlar, zaten her biri küçük birer odadan ibaret; her odada iki kişi, üç kişi kalıyor. Düzen falan beklemeyin, burası Nuh'un Gemisi! Fakat, herhalde, iyi insanlar, hepsi de eğitimli, bilgili insanlar. Biri memur (edebiyat mezunu), okumuş bir adam; hem Homeros'u hem Brambeus'u[1] biliyor, onların değişik değişik eserlerinden bahsediyor, her konuda konuşuyor zeki bir adam! İki tane subay var, onlar hep iskambil oynuyorlar. Bir başçavuş var; bir de İngiliz öğretmen. Durun, sizi eğlendireyim, canım; bir sonraki mektubumda onları satirik bir şekilde, yani tam da oldukları gibi, bütün ayrıntısıyla anlatayım size. Ev sahibemiz –ufak tefek ve pek temiz olmayan bir ihtiyar– bütün gün terlikle ve *schlafrock*'la[2] gezer ve yine bütün gün Tereza'ya bağırır. Ben mutfakta yaşıyorum ya da daha doğrusu şöyle söylemeli: Mutfağın hemen yanında bir oda var (şunu söylemeden geçmemeli, bizim mutfak temiz, aydınlık, çok güzel bir yerdir), ufak bir oda, mütevazı bir köşecik... yani, daha doğrusu üç pencereli büyük bir mutfak burası, duvar tarafına benim için boydan boya bir paravan kondu, böylece oda gibi bir şey oldu, fazladan bir otel odası; her şeyiyle sade, rahat, penceresi de var, her şeyiy-

1. Brambeus takma adıyla yazan, dönemin popüler gazeteci ve eleştirmeni Józef-Julian Sekowski (1800-1858). (Y.N.)

2. (Alm.) Sabahlık. (Y.N.)

le – kesinlikle, her şeyiyle rahat bir yer. İşte böyle benim köşeciğim. Ama canım, siz sakın, bunun arkasında başka, gizemli bir şey aramayın; mutfak işte burası, hepsi bu! Ben de, ne yazık ki, paravanın arkasındaki bu odada yaşıyorum, ama bu önemli değil; herkesten ayrıyım, azla yaşıyorum, sessizce yaşıyorum. Bu köşeme bir yatak, bir masa, bir komodin, bir çift sandalye koydum, bir de ikona astım. Doğru, daha iyi evler de var –belki çok daha iyisi de vardır– ama rahatlık en önemlisi; sonuçta ben bunu sırf rahatlık için yaptım, başka bir şey için olduğunu sanmayın. Sizin pencereciğiniz de karşıda, avlunun öte yanında duruyor; avlu da daracık, gelip giderken sizi seyretmek mümkün... her şey benim için, benim gibi bir talihsiz için eskisinden daha neşeli, hem de daha ucuz. Burada son bir oda kaldı, içinde masası da var, otuz beş ruble kira istiyorlar. Ateş pahası! Benim odamsa bana yedi ruble kiraya mal oluyor, masaysa beş gümüş ruble; toplam yirmi dört ruble elli kapik ediyor, eskiden otuz ruble ödüyordum, o yüzden de kendimi birçok şeyden mahrum bıraktım; çayı her zaman içmezdim zaten, ama şimdi çay için de şeker için de para biriktiriyorum. Cancağızım, biliyor musunuz, çay içmemek ayıp oluyor; burada herkesin durumu iyi, o yüzden de ayıp oluyor. Başkaları yüzünden onu da içiyorum Varenka, görüntü olsun, hava olsun diye; yoksa benim için fark etmez, tiryakisi değilim. İnsanın nakit paraya da ihtiyacı oluyor, çizme, kılık kıyafet için. Geriye de bir şey kalmıyor. Sonuçta maaşım belli. Sızlanıp homurdanmıyorum, hoşnutum. Bu da yeter. Zaten birkaç yıl yeter; ikramiye de geliyor. Neyse, hoşça kalın, meleğim. Ben iki saksı kınaçiçeği ve sardunya aldım – pahalı bir şey değil. Siz ıtır sever miydiniz? Itır da var, isterseniz yazın bana; evet, biliyorsunuz, her şeyi ayrıntısıyla yazabilirsiniz. Fakat bir şey gelmesin aklınıza, benim böyle bir oda tutmuş olmamdan şüphe etmeyin canım. Hayır, rahat olduğu için yaptım ve bir tek rahatlık çekti beni. Canım, zaten para saklıyorum, biriktiriyorum; param var. Benim böyle sessiz olduğuma, bir sineğin kanadından bile zarar görebilecekmiş gibi olmama aldırmayın. Hayır canım, hakkımda yanılmıyorum, karakter olarak çok kararlı ve ruhu huzurlu bir insanım ben. Hoşça kalın, meleğim! Size neredeyse iki sayfa yazmışım, ama işe de geç kalmışım. Canım, öpüyorum parmaklarınızı.

Sizin en alçakgönüllü uşağınız ve sadık dostunuz,
Makar Devuşkin

Hamiş: Bir tek ricam var: Bana olabildiğince ayrıntılı yazın meleğim. Bu arada size bir paket bonbon şekeri yolluyorum Varenka; afiyetle yiyin onları ve Tanrı aşkına, benim için kaygılanmayın, şikâyet etmeyin. Neyse, hoşça kalın, canım.

8 Nisan

Saygıdeğer Beyefendi, Makar Alekseyeviç,

Biliyor musunuz, sonunda sizinle ciddi ciddi tartışacağız herhalde? İyi kalpli Makar Alekseyeviç, size yemin ederim, bana sizden hediye almak çok ağır geliyor. Onların sizin için neye mal olduğunu, ihtiyacınız olan şeylerden vazgeçerek yoksun kaldığınızı biliyorum. Size kaç kere hiçbir şeye, kesinlikle hiçbir şeye ihtiyacım olmadığını söyledim; bu vakte kadar bana yaptığınız iyiliklerin bedelini ödeyecek gücüm de yok. Hem ne yapayım ben bu saksıları? Yani, kınaçiçeği saksıları neyse de, sardunya ne için? Size dikkatsizlik edip bir kere sardunya demek yetiyor, hemen gidip alıyorsunuz; üstelik, herhalde, pahalı bir şey bu? Üzerindeki renkler de o kadar çekici ki!

Taçyaprakları alev rengi. Siz bu güzel sardunyayı nereden buldunuz? Onu pencerenin ortasına koydum, en görünür yere; yerdeyken bir sedir koyuyordum, sedirin üstüne de çiçekleri koyuyordum; bana büyük bir hazine veriyorsunuz! Fedora sevinç içinde; odamız tam bir cennet şimdi; tertemiz, ışıl ışıl! Ama şekerler ne için? Doğru, mektubunuza bakar bakmaz tahmin ettim sizde bir haller olduğunu: cennet, bahar, uçuşan güzel kokular, cıvıldayan kuşlar. Ne oluyor, diye düşündüm, şiir de olmasın burada? Zaten, doğrusu, mektubunuza bir dize yetmemiş Makar Alekseyeviç! Tatlı duygular, pembe renkli hayaller, hepsi var burada! Perdeyi hiç düşünmemiştim; herhalde, kendi kendine takılmış oraya, saksıyı yerleştirdiğim sırada; işe bakın!

Ah, Makar Alekseyeviç! Siz beni kandırmak için, her şeyi kendinize harcadığınızı kanıtlamak için ne söylerseniz söyleyin, ne hesaplar yaparsanız yapın, benden bir şey saklayamazsınız. Besbelli, benim yüzümden boş yere yoksunluk çekiyorsunuz. Örneğin, kimin aklına gelirdi sizin böyle bir ev tutacağınız? Sizi rahatsız ediyorlar, kaygılandırıyorlar; sıkılmışsınız, rahatsızsınız. Siz yalnızlığı seversiniz, ama orada çevrenizde kim bilir neler neler var! Gelirinize bakılırsa, çok daha iyi yaşayabilirsiniz oysa. Fedora sizin eskiden de şimdikinden daha iyi yaşamadığınızı söylüyor. Gerçekten hayatınız boyunca böyle, tek başınıza, yoksunluk içinde, mutluluktan, dostça davetkâr sözlerden yoksun, yabancı köşelerde kirada mı yaşadınız? Ah, sevgili dostum, çok üzüldüm sizin için! En azından sağlığınıza acıyın, Makar Alekseyeviç! Gözlerinizin zayıfladığını, mum ışığında yazamadığınızı söylüyorsunuz; neden yazıyorsunuz? Mesleğe olan tutkunuzu amirleriniz, siz bunun için çaba harcamasanız da, biliyordur herhalde.

Sizden bir kez daha rica ediyorum, benim için para

harcamayın. Biliyorum, beni seviyorsunuz ama siz de zengin değilsiniz... Bugün ben de neşeyle kalktım. Çok iyiydim; Fedora zaten çoktan kalkmış çalışıyordu, bana da iş kalmıştı. Çok sevindim; sadece ipek almak gerekiyordu, alıp işe koyuldum. Bütün sabah içim o kadar ferahtı, o kadar neşeliydim ki! Ama şimdi yine kara düşünceler geldi, kederliyim; kalbim sızlıyor.

Ah, ne yapacağım, ne olacak benim kaderim? Çok ağır geliyor benim böyle bir bilinmezlikte olmam, bir geleceğimin olmaması, başıma ne geleceğini tahmin edememek. Geriye bakmak da korkutucu. Orada hep acı var, bir hatırayla bile kalbim iki parçaya ayrılıyor. Beni mahveden kötü insanlar yüzünden sonsuza dek ağlayacağım!

Hava kararıyor. Çalışma vakti. Size çok şey yazmak isterdim, ama vakit yok, çalışmaya oturmalıyım. Acele etmem lazım. Elbette, mektuplar güzel şeyler; asla sıkıcı değil. Ama neden siz hiç kalkıp gelmiyorsunuz? Neden Makar Alekseyeviç? Gelin, lütfen! Sizin Tereza'yı gördüm. O da hasta sanki; üzgündü; ona yirmi kapik verdim. Evet! Unutmadan: Hemen yazın her şeyi, günlük hayatınızı olabildiğince ayrıntılı bir şekilde yazın. Çevrenizde nasıl insanlar var, onlarla yaşamaktan hoşnut musunuz? Bütün bunları bilmeyi çok istiyorum. Aman, hemen yazın! Bugün kasten perdeyi kıvırdım. Erken yatın; dün gördüm, gece yarısına kadar yandı ışığınız. Neyse, hoşça kalın. Bugün de keder, sıkıntı, hüzün! Yani, bu da böyle bir gün işte! Hoşça kalın.

Sizin olan,
Varvara Dobroselova

8 Nisan

Saygıdeğer Hanımefendi, Varvara Alekseyevna,

Evet canım, evet bir tanem, yani, benim talihsiz payıma böyle bir gün düşmüş! Evet, siz alay etmişsiniz benim gibi bir ihtiyarla. Varvara Alekseyevna! Fakat, benim suçum, hepsi benim suçum! Yaşlılık çağımda bir tutam saçla aşka ve kinayelere kalkışmak da neyin nesi... Ama şöyle diyeyim, canım: Bazen insan tuhaf olur, çok tuhaf. Siz benim için kutsalsınız! Kalkmış nelerden bahsediyorum, kapılıp gidiyorum bazen! Ama ne olacak, ne çıkacak ki bundan? Tabii hiçbir şey çıkmayacak, beni mezara götürecek bir saçmalık çıkacak, Tanrım! Canım, ben, ben gücenmedim, her şeyi hoşnutlukla hatırlıyorum, size öyle süslü püslü ve aptalca yazdığım için de hoşnutum. İşe de bugün pek bir cicili bicili gittim; kalbim cıvıl cıvıldı. Ruhum sanki bayram yeriydi; neşe içindeydim! Evrakları dalgın dalgın kayda geçirdim... acaba neye benzedi o işler! Sonra çevreme bakındım, her şey her zamanki gibiydi... gri ve koyu renkli. Hep aynı mürekkep lekeleri, hep aynı masa ve evraklar, ben bile aynıydım; nasıl öyle aynı kalabilmişti her şey... Pegasos'un sırtına binip gitmek varken burada işim neydi? Nereden çıkmıştı bütün bunlar? Gökte duran güneşin ayartması bundan mıydı? Pencerenin ardındaki avlumuzda bir şeyler olmuyorsa, bu kokular da neredendi? Yani, bana her şey aptallık gibi göründü. İnsan bazen duygularını aptallık derecesine vardırır da yolunu şaşırır ya, öyle bir şey. Başka bir şeyden de olmaz, kalbin aşırı gereksiz, budalaca ateşinden olur hep. Eve gelmedim de sürüklendim sanki; hiçbir şey yokken başım ağrıyordu; yani bir şey başka bir şeye yol açıyordu. (Sırtımdan rüzgâr yemiştim.) Bahara sevinmiştim budala gibi, hafif paltomla çıkmıştım. Ve duygularım konusunda yanılmışsınız kardeşim! Onların aşırılığını kesinlikle başka bir yöne çekmişsiniz. Babacan bir muhabbet kaplamıştı beni, sadece saf babacan bir muhabbet, Varvara Alekseyevna; çünkü ben sizin gibi acılı bir yetim karşısında kendimi öz babanız yerine koyuyorum; bunu ruhumun derinliklerinden, tertemiz bir kalple, bir akraba gibi söylüyorum. O da başka bir mesele, ben sizin için uzak bir akraba olsam da, hani "dış kapının mandalı" derler, öyle olsam da her şeye rağmen akrabanızım ve artık en yakın akrabanız ve haminizim; çünkü siz hamilik ve yakınlık göstermeleri gereken yakınlarınızdan hainlik ve hakaret gördünüz.

Şiir konusunda da, canım, size şunu söyleyeceğim: Yaşlılık çağımda şiirle oyalanmak bana yakışmaz. Saçmalıktır şiir! Şiir denen şeyi artık okul çocukları şakıyor... İşte böyle, bir tanem.

Rahattan, huzurdan ve türlü şeylerden bahsederek bana neler yazıyorsunuz öyle Varvara Alekseyevna? Canım benim, ben ne sızlanıyorum ne de kaygılıyım, asla şimdikinden daha iyi yaşamadım; bu yaşta da ne kaprisi yapacağım? Yiyorum, içiyorum, giyiniyorum; daha ne isterim! Kont sınıfından falan da değilim! Anne babamın soyluluk unvanı yoktu ve bütün ailemiz benden daha az gelirle yaşardı. Hanım evladı değilim! Fakat, doğruyu söylemek gerekirse, eski evimde durum daha parlak değildi diyemem; daha rahattı canım. Elbette, şimdiki evim güzel, hatta belli açılardan daha neşeli ve çok daha renkli de denebilir; bunu bir şeye itiraz için söylemiyorum, yaşlılar her şeyden yakınır. Biz yaşlı, yani görmüş geçirmiş insanlar, eski eşyalara, bir akrabamıza alıştığımız gibi alışırız. Ev, biliyor musunuz, çok küçük; duvarlar... aman, neler diyorum! Duvarlar, sıradan duvarlar, bir özellikleri yok, ama geçmişimle ilgili hatıralarla birlikte üzerime kasvet çöküyor... Tuhaf şey – ama hatıralar hoş sanki. Hatta kötü olan, o sırada can sıkan bir şey, hatıralarda nasılsa kötülüğünden arınıyor ve hayalimde harika bir görünüm kazanıyor. Sessiz yaşardık biz Varenka; ben ve ev sahibem, merhume ihtiyar. Baksanıza benim ihtiyarı bile hüzünle hatırlıyorum artık! İyi bir kadındı ve ev için de çok şey almazdı. O zamanlar, çeşitli battaniyelerin parçalarından uzun şişlerle örgü yapardı; bir tek bununla uğraşırdı. Birlikte ateşi beslerdik, tek masanın arkasına oturur çalışırdık. Maşa adlı bir torunu vardı –bebekliğini bile hatırlarım– on üç yaşında bir genç kız olmalı şimdi. Öyle yaramaz, neşeli bir kızdı ki hepimizi güldürürdü; üçümüz böylece yaşayıp giderdik. O zamanlar, uzun kış akşamında yuvarlak masanın çevresine oturur, çay içer, sonra da işimize bakardık. Yaşlı kadın da, Maşa sıkılıp yaramazlık yapmasın diye masallar anlatmaya başlardı. Hem de ne masallar anlatırdı! Çocuk bir yana, aklı başında ve zeki bir adam bile otursun dinlesin. Ne demek! Ben de, o zamanlar, çubuğumu tüttürür, olay nereye varıyor diye dinlerdim. Çocuk, yani bizim yaramaz kız düşüncelere dalardı; elini pembe yanağına yaslar, küçük ağzını hoş bir şekilde aralar ve korkunç bir masal anlatılıyorsa yaşlı kadına sokulur, iyice sokulurdu. Onu seyretmek en sevdiğimiz şeydi; mumun yanıp söndüğünü görmezsin, avluda tipi delirmiş, esip üfürüyor, duymazsın. Hayatımız çok iyiydi, Varenka; böyle sanki yirmi yıl birlikte yaşadık. Ama ben ne saçmalıyorum! Herhalde siz böyle bir konudan hoşlanmazsınız, benim için de hatırlamak kolay değil, hele şimdi, alacakaranlık vakti. Tereza bir şeyler taşıyor, benim başım ağrıyor, sırtım da ağrıyor, ama bunlar tuhaf düşünceler, sanki onlar da ağrıyorlar; hüzünlendim ben bugün Varenka! Neler yazmışsınız öyle, kardeşim? Ben size nasıl geleyim? Güvercinim, elalem buna ne der? Sonuçta avludan geçmek gerekecek, bizimkiler farkına varır, soru sorar, yorum yaparlar, dedikodular başlar, olay başka bir mana kazanır. Hayır, meleğim, ben sizi en iyisi sabah kilisede göreyim; bu ikimiz için de daha akıllıca ve zararsız olur. Size böyle bir mektup yazdığım için de hoş görün beni canım; okuyunca ben de her yerinin bağlantısız olduğunu gördüm. Varenka, ben, yaşlı, eğitimsiz biriyim; gençken okumadım, şimdi de aklım tükendi tükenecek, yeniden eğitim almam gerekiyor. İtiraf edeyim, canım, yazmanın üstadı değilim ve yabancı birinin öğüt ve uyarılarına ihtiyaç duymadan biliyorum ki, daha maharetli bir şeyler yazmak isteseydim, saçmalamaya başlardım. Bugün sizi pencerenin kıyısında gördüm, perdeyi nasıl indirdiğinizi gördüm. Hoşça kalın, hoşça kalın, Tanrı sizi korusun. Hoşça kalın, Varvara Alekseyevna.

Masum dostunuz,
Makar Devuşkin

Hamiş: Canım akrabam, artık kimse hakkında tek satır yazmayacağım. Öfkelenmek için çok yaşlandım artık, canım! Rus atasözündeki gibi gülüyorlar bana: "El için kuyu kazanın," diyorlar, "evvela kendisi düşer."

9 Nisan

Saygıdeğer Beyefendi, Makar Alekseyeviç,

Böyle kederlenip kapris yapmaya nasıl utanmıyorsunuz dostum ve velinimetim Makar Alekseyeviç. Siz ciddi ciddi gücenmişsiniz! Ah, sık sık dikkatsizlik yaparım, ama benim sözlerimi iğneleyici bir şaka sayacağınızı hiç düşünmemiştim. Emin olun, ben asla sizin yaşınızı ve karakterinizi şaka konusu yapmaya kalkışmadım. Hep benim boşboğazlığımdan oldu bu, ama daha da önemlisi, çok sıkıldığımdan oldu, zaten ne olursa sıkıntıdan olmaz mı? Sizin kendi mektubunuzla alay etmek isteyeceğiniz gelmemişti aklıma. Sizin benden hoşnut olmadığınızı görünce, korkunç bir kedere kapıldım. Hayır, sevgili dostum ve velinimetim, yanılıyorsunuz, eğer benim duygusuz ve minnetsiz olduğumdan şüphe ediyorsanız, yanılıyorsunuz. Bana yaptığınız her şeyi, beni kötü insanlardan, onların öfke ve nefretinden beni korumanıza kalbimde hak ettiği değeri vermesini biliyorum. Sonsuza dek dua edeceğim Tanrı'ya sizin için ve eğer benim duamın Tanrı için bir değeri varsa ve gökler ona ilgi gösterirse, o zaman siz mutlu olacaksınız.

Bugün kendimi çok sağlıksız hissediyorum. Üzerime ikide bir ateş ve titreme geliyor. Fedora kaygılanıyor benim için. Boş yere çekiniyorsunuz bize gelmeye Makar Alekseyeviç. Daha neler! Siz bizim ahbabımızsınız, hepsi bu!.. Hoşça kalın, Makar Alekseyeviç. Daha fazla yazmayacağım, yazamıyorum; çok kötü bozuldu sağlığım. Rica ederim yine öfkelenmeyin bana ve sizin en sadık ve uysal hizmetkârınız olma şerefine nail olmamı sağlayan o sonsuz saygı ve sadakatime inanın.

Varvara Dobroselova

12 Nisan

Saygıdeğer Hanımefendi, Varvara Alekseyevna,

Ah, canım benim, ne oldu size! Zaten her seferinde beni ürkütüyorsunuz. Size her mektupta kendinizi korumanızı, kalın giyinmenizi, kötü havada dışarı çıkmamanızı, her şeye dikkat etmenizi söylüyorum zaten, ama siz, meleğim, beni dinlemiyorsunuz. Ah, güvercinim, sanki çocuk gibisiniz! Zaten zayıfsınız, saman sapı kadar zayıfsınız, bunu biliyorum. Bir rüzgâr esse siz hemen hasta olursunuz. İnsanın kendini sakınması lazım, kendine özen göstermesi, tehlikelerden kaçınması ve dostlarını acı ve kedere sürüklememesi lazım.

Canım, benim günlük hayatımı ve çevremdeki her şeyi ayrıntısıyla öğrenmek istediğinizi söylüyorsunuz. Bu arzunuzu yerine getirmekten mutluluk duyarım, bir tanem. En baştan başlayayım, canım, böyle daha düzgün olur. Birincisi, bizim evimizde, temiz holümüzde, çok uyduruk merdivenler vardır; antre düzgündür; temiz, aydınlık, geniş, her yeri maun kaplamadır. Fakat o bulaşıkhaneyi hiç sormayın: koku saçan, ıslak, yağlı, kırık dökük basamaklar, yağ içinde duvarlar, öyle ki dokunduğu zaman insanın eli yapışır duvara. Her sahanlıkta kırık dökük sandıklar, sandalyeler ve dolaplar durur, paçavralar asılmış, pencereler kırılmış; yağ, çerçöp, yumurta kabuğu ve balık artıkları dolu pis su birikintileri vardır yerlerde; iğrenç kokar... kısacası, berbattır.

Odaların durumunu yazmıştım size; diyecek bir şey yok, doğrusu rahat, ama biraz boğucudur, yani kötü koktuğundan değil, üstünüze afiyet, biraz çürük kokusu, keskin bir koku vardır içeride. İlk seferinde tatsız bir izlenim olur, ama bu önemli değildir; iki dakika kalır üzerinizde bu izlenim, sonra geçer, hissetmezsiniz, her şey gibi geçer, çünkü siz de kötü kokarsınız, elbiseniz kokar, elleriniz kokar, her şey kokar... böylece, alışırsınız. Bizdeki isketeler böyle can verir. Denizci, beşinci kuşu satın aldı, ama bizim evin havasında yaşayamıyorlar. Mutfağımız büyük, geniş, aydınlık. Doğrusu, sabahları balık ya da sığır eti kızartılınca, biraz boğucu oluyor, duman altında kalıyor her yer, ama akşamleyin tam bir cennet. Mutfağımızda hep iplere asılı eski çamaşırlar oluyor; odam da yakında olduğu için, yani neredeyse mutfağın yanı başında olduğu için, çamaşırlardan gelen koku beni biraz rahatsız ediyor; ama önemi yok, insan yaşadıkça alışıyor.

Bizde sabahın erken vakitlerinde bir kargaşa başlar, Varenka, herkes girer çıkar, ortalıkta gezinir, kapıları çarpar... kalkması gereken gerekmeyen, bir işi olan olmayan herkesi kaldırır bunlar; herkes çay içmeye başlar. Semaverlerin büyük kısmı ev sahibesinindir bizde, sayıları az olduğu için, sırayla hepimiz saklarız; fincanıyla biri gelip sıraya dışarıdan girmeye kalkarsa, hemen fincanı elinden alınıp başından aşağıya dökülür. İlk seferinde ben de düştüm bu hale, ya... fakat yazmayayım en iyisi! Böylece herkesle tanışmış oldum. Önce denizciyle tanıştık; çok samimiydi, bana her şeyi anlattı: Babasını, anasını, Tulalı bir vergi memuruyla evlenen kız kardeşini, Kronştadt şehrini anlattı. Beni kayırmayı vaat etti ve bana hemen kendi çayını ikram etti. Onu hep iskambil oynadığımız odada buldum. Orada bana çay verdiler ve hemen onların coşkulu oyunlarına katılmamı istediler. Alay mı ettiler, öylesine mi söylediler, bilmiyorum; ama kendileri bütün gece ara vermeden oynamışlardı ve ben yanlarına gittiğimde hâlâ oynuyorlardı. Tebeşir tozu, kartlar, bütün odayı kaplamış, gözleri yakan bir duman. Oynamaya kalkışmadım, bana hemen işin felsefesini yapmaya kalkıştığımı söylediler. Sonra kimse benimle konuşmadı bir daha; ama doğrusu ben de, buna memnun oldum. Onların yanına gitmiyorum artık; coşku içindeydiler, saf coşku! Fakat edebiyat mezunu memurun odasında da akşamları toplantılar oluyor. Neyse ki onun odası iyi, mütevazı, masum ve zarif bir yer; her şey terbiye sınırlarında.

Ama, Varenka, bu arada ev sahibemizin de çok iğrenç olduğunu, tam bir cadı olduğunu söyleyeyim size. Tereza'yı gördünüz. Ne halde sizce? Zavallı, cılız bir piliç gibi sıska. Binada toplam iki hizmetli var: Tereza ile ev sahibesinin uşağı, Faldoni.[1] Bilmiyorum, belki, başka

1. Nicolas-Germain Léonard'ın (1744-1793) Rusçaya 1804'te çevrilen, *Lettres de deux amants, habitants de Lyon, contenant l'histoire de Thérèse et de Faldoni* (Lyon'da Oturan İki Âşığın Mektupları, Thérèse ile Faldoni'nin Hikâyesi, 1783) adlı romanına gönderme. (Y.N.)

bir ismi de vardır, ama ona böyle sesleniyorlar; herkes onu böyle çağırıyor. Ev sahibesi kıpkırmızı, bir *çuhonka*[1], eğri, kalkık burunlu, kaba saba; sürekli Tereza'ya küfrediyor, neredeyse dövecek. Yani genel olarak, buradaki hayatım pek de iyi değil... En azından geceleri bir anda uyuyup sakinleşseler... Bu da hiç olmuyor. Ya bir yerde oturup oyuna dalıyorlar ya da bazen öyle şeyler yapıyorlar ki anlatmaya dilim varmaz. Artık bütün olup bitene alıştım, ama böyle bir gürültü patırtı içinde aile sahibi insanların nasıl yaşadığına hâlâ hayret ediyorum. Yoksul bir aile gelip ev sahibemizden oda kiraladı, ama diğer odaların yanında değil, diğer yönde, köşede, ayrı bir oda. Sakin insanlar! Onlar hakkında kimse bir şey duymuyor, işitmiyor. Tek bir küçük odada, odayı paravanla bölerek oturuyorlar. Adam işsiz bir memur, yedi yıl önce bir sebeple işinden çıkarılmış. Soyadı Gorşkov; ak saçlı, ufak tefek biri; yağ içinde, yırtık pırtık bir giysiyle geziyor, insan bakmaya dayanamıyor; benimkinden kat be kat kötü! Zavallı, cılız bir adam (onunla sık sık koridorda karşılaşıyoruz); dizleri titriyor, elleri titriyor, başı titriyor, hep hastalıktan, ama hangi hastalıktan Tanrı bilir; ürkek, her şeyden korkuyor, kenardan kenardan geziyor; ben de çekinirim zaman zaman, ama bu benden de beter. Ailesi karısıyla üç çocuktan ibaret. Büyük olan çocuk babasının tıpkısı, onun gibi cılız. Karısı bir zamanlar çirkin değilmiş, ama şimdi pek anlaşılmıyor; yoksul bir halde, acınası döküntülerle geziyor. Ev sahibesine borçlandıklarını duydum; kadın onlara hiç kibar davranmıyordu. Gorşkov'un kendisinin de birtakım tatsızlıklar yaşadığını, işini bu yüzden kaybettiğini de duydum... bir dava mı olmuş, mahkemeye mi çıkmış, birileri ona karşı tanıklık

1. (Rus.) Rusların etnik aşağılama amacıyla Finlandiyalı ve Estonyalı kadınlara verdikleri isim. (Y.N.)

mı etmiş... size kesin olarak söylememe imkân yok. Öyle yoksullar ki, yüce Tanrım! Odaları hep sessiz sakin olur, sanki içeride kimse yaşamıyormuş gibi. Çocukların bile sesi duyulmaz. Çocukların şamata yapıp oynadığı da görülmez, ama bu da kötüye işaret. Bir ara, bir gece vakti, kapının yanından geçerken bir şeyler duydum; o sırada evde nedense alışılmadık bir sessizlik vardı; bir hıçkırık, sonra bir fısıltı, sonra yine hıçkırık, sanki biri ağlıyormuş gibi, ama öyle sessiz, öyle acıklı bir ses ki kalbim parçalandı ve sonra bütün gece bu yoksullar aklımdan hiç çıkmadı, doğru dürüst uyuyamadım.

Neyse, hoşça kalın, eşsiz dostum Varenka! Size elimden geldiğince her şeyi yazdım. Bugün bütün gün hep sizi düşüneceğim. Bir tanem, sizin için kalbim hep sızlıyor. Yani canım benim, sizi biliyorum, sıcak tutacak bir mantonuz olmadığını biliyorum. Petersburg'un bu baharları, rüzgârları, sulusepken, karla karışık yağmurları da beni perişan ediyor Varenka! Tanrı bizi böyle havalardan korusun! Yazımdan dolayı mazur görün beni canım; üslubum yok, Varenka, doğru dürüst bir üslubum yok. Keşke olsaydı biraz! Aklıma ne gelirse yazıyorum, sırf sizi biraz eğlendirebilmek için. Zaten biraz eğitim alsaydım, her şey başka türlü olurdu; ama nasıl okuyacaktım? Bakır parayla olmuyor öyle şeyler.

Ebediyen ve sadık dostunuz,
Makar Devuşkin

25 Nisan

Saygıdeğer Beyefendi, Makar Alekseyeviç,

Bugün kuzenim Saşa'yla karşılaştım! Korkunç! O da mahvolacak, zavallı! Bir yerlerden Anna Fedorovna'nın hâlâ beni sorup durduğunu öğrendim. Herhalde hiç bırakmayacak beni takip etmeyi. Beni *affetmek istediğini*, yaşananları unutmak ve hemen beni ziyarete gelmek istediğini söylemiş. Sizin kesinlikle benim akrabam olmadığınızı, onun bana bir akrabadan da yakın olduğunu, sizin aile işlerimize karışmaya hiç hakkınız olmadığını ve sizin sadakanız ve sizin gelirinizle geçinmemin benim için ayıp ve yakışıksız olduğunu söylemiş... Onun ekmeğini yediğimi unuttuğumu, anneciğimle beni belki de açlıktan kurtarmış olduğunu, bizi yedirip içirdiğini ve iki buçuk yıldan fazla bir süre bize baktığını, bütün bunlara rağmen borcumuzu affettiğini söylüyormuş. Anneciğime bile acımak istemiyor! Onların bana neler yaptığını zavallı yoksul anneciğim bilseydi! Tanrı görüyor!.. Anna Fedorovna aptallık edip talihime sahip çıkamadığımı, bana mutluluk getirdiğini, başka da bir şey yapmadığını ve benim kendi onuruma sahip çıkmadığımı, belki de sahip çıkmak istemediğimi söylüyor. Burada suç kimin peki, yüce Tanrım! Bay Bıkov'un kesinlikle haklı olduğunu ve herkesle evlenemeyeceğini, yani... yazamayacağım! Böyle bir haksızlığı duymak çok ağır bir şey Makar Alekseyeviç! Şimdi ne yapacağımı bilemiyorum. Titriyorum, ağlıyorum, hıçkırıyorum; bu mektubu size iki saatte yazabildim. En azından bana karşı suçlu olduğunu kabul eder, diye ummuştum; ama hiç öyle değil! Tanrı aşkına, kaygılanmayın dostum, iyiliğimi isteyen tek kişi! Fedora hep abartıyor, hasta değilim. Sadece dün akşam annemi kilisede anmak için Volkovo'ya gittiğim zaman biraz üşüttüm. Neden siz de benimle gelmediniz; çok rica etmiştim. Ah, yoksul, yoksul anneciğim, kalksaydı mezarından, öğrenseydi, görseydi onların bana neler yaptığını!..

V.D.

Mayıs

20 Mayıs

Güvercinim, Varenka,

Size biraz üzüm gönderiyorum, canım; iyileşmeniz için iyi gelirmiş, diyorlar ve doktor da susuzluğu bastırmak için bunu tavsiye ediyor, yani bir tek susuzluk için. Siz beyaz ekmek istemiştiniz geçen gün, canım; hemen yolluyorum size. İştahınız nasıl canım? En önemlisi bu. Fakat, Tanrı'ya şükürler olsun, her şey geçti, talihsizliğimiz de artık kesin olarak sona erdi. İyilik göklerden gelir! Kitaba gelince, onu şimdilik hiçbir yerde bulamadım. Mükemmel ve çok yüksek üslupla yazılmış bir kitabın var olduğunu söylüyorlar; mükemmel olduğunu söylüyorlar, ben kendim okumadım, ama burada çok övüyorlar. Onu kendim için istettim; getirmeye söz verdiler. Ama siz de okumak ister miydiniz? Bana göre siz bu konuda çok nazlısınız; sizin zevkinize hitap etmek zor, sizi artık tanıyorum güvercinim; size, herhalde, hep şairanelik uygun olur, iç çekişler, aşklar... ama şiir de bulacağım, hepsini bulacağım; temize çekilecek bir defter kaldı.

Ben öyle böyle yaşıyorum. Siz benim için kaygılanmayın, canım, lütfen. Fedora'nın size benim hakkımda anlattıkları da hepten saçmalık; yalan söylediğini hemen söyleyin o dedikoducuya!.. Yeni üniformamı kesinlikle satmadım. Düşünsenize bir, zaten neden, neden satayım?

Dediklerine göre, kırk gümüş ruble ikramiye verecekler-miş bana, neden onu satayım? Canım, siz kaygılanmayın; kuşkucunun teki Fedora, o tam bir kuşkucu. Geçip gidiyoruz biz, güvercinim! Ama siz, meleğim, Tanrı aşkına, iyileşin, iyileşin, bu ihtiyarı üzmeyin. Benim zayıfladığımı size kim söylemiş? İftira, yine iftira! Turp gibiyim ve öyle şişmanladım ki yine utanmaya başladım, midem gırtlağıma kadar dolu; bir de siz iyileşmiş olsanız! Neyse, hoşça kalın, meleğim; küçük parmaklarınızın hepsini öpüyor sizin sonsuz, değişmez dostunuz.

Makar Devuşkin

Hamiş: Ah, canım benim, siz yine böyle gerçekten ne yazmaya kalkmışsınız?.. Neden kapris yapıyorsunuz! Ben size nasıl öyle sık sık geleyim canım, nasıl? Size soruyorum. Belki gece karanlığından yararlanırım; ama gece de olmuyor artık sanki hiç; bir süre böyle.[1] Ben de, canım, meleğim, hastalığınız boyunca, kendinizi bilmez durumda olduğunuz sırada sizi hemen hiç bırakmadım; ama şimdi hiç bilemiyorum bütün bunları nasıl yaptığımı; sonra gelip gitmeye ara verdim; çünkü merak ve sorular başlamıştı. Burada zaten türlü türlü dedikodu var. Tereza'ya güveniyorum ben; o geveze değildir; ama yine de, kendiniz de takdir edersiniz canım, bunların hepsi bizim hakkımızda her şeyi öğrenirse neler olur? Ne düşünecekler, ne diyecekler o zaman? İşte o yüzden kalbinizi sağlam tutun, canım, iyileşinceye kadar bekleyin; ondan sonra evin dışında bir yerlerde *rendez-vouz*'laşırız.[2]

1. Petersburg'da mayıs sonu güneşin hiç batmadığı "beyaz geceler"in başlangıcıdır. (Y.N.)

2. (Fr.) Randevu. (Y.N.)

Haziran

1 Haziran

Sevgili Makar Alekseyeviç,

Benim için yaşadığınız bütün telaş ve üzüntü için, bana karşı gösterdiğiniz sevgi için, güzel ve hoş bir şey yapmayı öyle çok istiyorum ki, sonunda sıkıntıdan komodinimi karıştırmaya başladım ve şimdi size göndermekte olduğum defterimi buldum. Ona başlarken hayatımın mutlu dönemindeydim daha. Siz sık sık merak edip benim eski günlük hayatımı, anneciğimi, Pokrovski'yi, benim Anna Fedorovna'nın yanında geçirdiğim günleri ve son olarak, kısa süre önce yaşadığım talihsizlikleri soruyordunuz ve sabırsızca bu defteri, içinde, Tanrı bilir ne diye hayatımın birtakım anlarını kaydetmeye kalkıştığım defteri öyle çok okumak istiyordunuz ki, size gönderdiğim için büyük bir mutluluk duyacağınızdan hiç kuşku duymuyorum. Benim içinse kederli bir iş oldu onu yeniden okumak. Bu karalamalara son satırı koyduğum vakitten bu yana iki kat yaşlanmışım gibi geliyor bana. Bütün bunları farklı aralıklarla yazmışım. Hoşça kalın, Makar Alekseyeviç! Şimdi çok sıkıldım ve uykusuzluk işkence ediyor. Nekahat dönemi ne kadar sıkıcı!

V.D.

I

Babacığım öldüğünde ben sadece on dört yaşındaydım. Çocukluğum hayatımın en mutlu zamanları oldu. Burada başlamadı, buradan uzak bir yerde, taşrada, ıssızlarda başladı. Babacığım T... eyaletinde, Prens P.'nin büyük çiftliğinin kâhyasıydı. Prensin köylerinden birinde sessiz sedasız, sakin ve mutlu yaşıyorduk... Çok afacan bir çocuktum; tek yaptığım tarlalarda, korularda, bahçede koşturmaktı, benim için de kimse kaygılanmazdı. Babacığım durmadan bir şeylerle meşgul olurdu, anneciğim de ev işleriyle uğraşırdı; bana bir şey öğretmezlerdi, ben de mutluydum bu yüzden. O zamanlar, sabah erkenden ya göle, ya koruya, ya harman yerine, ya ekin yerine koşardım –hiçbir şeye ihtiyaç duymadan güneş ısıtırdı, nereye olduğunu bilmeden köyden uzaklara koşar, çalılara takılır, elbisemi yırtardım– daha sonra evde azarlarlardı, ama aldırmazdım.

Bütün hayatımı köyden çıkmadan ve tek bir yerde yaşayarak geçirecek bile olsam, mutlu olacakmışım gibi gelirdi bana. Buna rağmen daha çocuk yaşta doğduğum yerleri terk etmek zorunda kaldım. Petersburg'a taşındığımız zaman daha on iki yaşındaydım. Ah, kederle toplandığımız ânı nasıl da hüzünle hatırlıyorum! Herkesle, sevdiklerimle vedalaşırken nasıl da ağlamıştım. Babacığımın boynuna atıldığımı ve gözyaşları içinde köyde biraz daha kalabilmek için yalvardığımı hatırlıyorum. Babacığım bana bağırmış, annem de ağlamıştı; yapacak bir şey olmadığını, işlerin böyle gerektirdiğini söylüyorlardı. Yaşlı Prens P. ölmüştü. Mirasçıları babamı işten çıkarmıştı. Babamın Petersburg'daki özel yatırımlarda parası vardı. Durumumuzu düzeltme umuduyla, burada kalmayı gereksiz sayıyordu. Bütün bunları daha sonra annemden öğrendim. Burada Petersburg kıyısına yerleştik ve babam ölünceye dek hep aynı yerde yaşadık.

Yeni hayata alışmak benim için çok zor oldu! Petersburg'a sonbaharda gelmiştik. Köyü terk ettiğimiz sırada, hava aydınlık, sıcak, açıktı; köy işleri bitmişti; harman yerlerinde dev tahıl tepeleri yükselmişti ve çığlık çığlığa kuşlar konup kalkıyordu; her şey aydınlık ve neşeliydi, ama burada, şehre girdiğimiz sırada yağmur, kasvetli sonbahar kırağısı, kötü bir hava, cıvık çamur ve yeni, yabancı, hoş karşılamayan, hoşnutsuz, öfkeli yüzlerden oluşan bir kalabalık vardı. Bir şekilde yerleştik. Her şeye nasıl telaş ettiğimizi, her şeyi yapmaya çalışıp yeni bir ev sahibesi bulduğumuzu hatırlıyorum. Babam evde olmuyordu, anneme bir dakika huzur yoktu; beni iyiden iyiye unutmuşlardı. Yeni evimizdeki ilk geceden sonra sabahları kalkmak hüzün verdi bana. Pencerelerimiz sarı bir duvara açılıyordu. Caddede sürekli çamur vardı. Gelip geçen azdı ve hepsi de kalın kalın giyinmişti, hepsi de üşüyordu.

Evimizse bütün gün aşırı boğucu ve sıkıcı oluyordu. Akrabamız da, yakın tanıdıklarımız da yoktu neredeyse. Anna Fedorovna'yla babam tartışmışlardı. (Babamın ona biraz borcu vardı.) Bize sık sık işyerinden insanlar geliyordu. Tartışıyor, gürültü yapıyor, bağırıyorlardı. Her ziyaretten sonra babam hoşnutsuz, öfkeli bir hal alıyordu; bazen bir saat boyunca suratını asıp odanın içinde bir köşeden diğerine dolanıyor ve kimseyle tek kelime konuşmuyordu. Annem onunla o zaman konuşmaya cesaret edemiyor ve susuyordu. Bir kitap alıp bir köşeye oturuyordum; uslu, sessiz duruyor, kıpırdamaya cesaret edemiyordum.

Petersburg'a gelişimizden üç ay sonra beni yatılı okula gönderdiler. Önceleri yabancı insanların arasında ne kadar kederlendim! Her şey çok katı, sevimsiz görünüyordu; mürebbiyeler bağırıyordu, kızlar asık suratlıydı, ben de yabaniydim. Boğucuydu, çok boğucuydu! Her şey için belirlenmiş saatler, ortak masa, sıkıcı öğretmenler... bütün bunlar beni önce zorladı, yıprattı. Orada uyuyamıyordum. Bütün gece ağlıyordum; uzun, sıkıcı, soğuk gecelerde. Geceleri herkes dersleri tekrarlar ya da çalışırdı; ben de tek başıma sözlü ya da yazılı derslere hazırlanıyor, fısıldamaya bile cesaret edemiyordum, hep evimizi, babamı, annemi, yaşlı dadımı, dadımın masallarını düşünüyordum... Ah, nasıl da üzülüyordum! Evdeki bibloyu, hoşnutsuzlukla hatırlıyor insan. Düşünüyor, düşünüyor: Ne güzel olurdu şimdi evde olmak! Küçük odamızda otururdum, semaverin başında, bizimkilerle birlikte; çok sıcak, güzel, tanıdık bir yer olurdu. Sanki anneni sıkı sıkı, ateşli ateşli kucaklamışsın gibi! Düşünüp durursun, kederden sessizce ağlarsın, gözyaşları göğsüne damlar ve yazılı dersler aklından uçup gider. Yarınki derse hazırlanamazsın; bütün gece rüyanda öğretmeni, madamı, kızları görürsün; bütün gece rüyanda dersleri tekrarlarsın, ama ertesi gün hiçbir şey bilemezsin. Bana dizlerimin üstüne çökme cezası ve bir kap yemek verirlerdi. O kadar neşesiz, bıkkındım ki. Başlangıçta bütün kızlar bana gülüyor, benimle alay ediyor, beni dövüyordu, ben derslerde konuşunca çimdik atarlardı, yemek ya da çay için sıraya girdiğimiz zaman beni yok yere mürebbiyeye şikâyet ederlerdi. Cumartesi akşamları dadımın benim için geldiği anlar cennet gibi olurdu. Bir mutluluk patlamasıyla yaşlı kadını kucaklardım. Beni giydirir, sarar, yolda peşimden koştururdu, bense ona sürekli gevezelik edip bir şeyler anlatırdım. Eve neşeyle, mutlulukla gider, bizimkilere sanki on yıl ayrılık yaşamışız gibi sıkıca sarılırdım. Yorumlar, sohbetler, hikâyeler başlardı; herkesle merhabalaşır, gülüşür, kahkahalar atar, koşturur, hoplar sıçrardım. Babacığım dersler, öğretmenlerimiz, Fransızca hakkında, L'Homond[1] grameri hakkında ciddi konuşmalar yapardı ve hepimiz çok neşeli, çok mutlu olurduk. Şimdi bile o dakikaları neşeyle hatırlıyorum. Bir şeyler öğrenmeye ve babacığımı memnun etmeye var gücümle çalışırdım. Kendini sonuna kadar bana adadığını görür, kendim de Tanrı bilir nasıl çabalardım. Her gün gitgide daha karamsar, hoşnutsuz, öfkeli oluyordu; karakteri iyice bozulmuştu; işler yürümüyor, borçlar ödenmiyordu. Anneciğim de babamı öfkelendirmemek için ağlamaya, bir şey söylemeye korkar olmuştu; hastalanmıştı; iyice kötüleşmiş ve kötü bir şekilde öksürmeye başlamıştı. Yatılı okuldan gelince karşımda hep hüzünlü yüzler buluyordum; annem sessizce ağlıyor, babam öfkeleniyordu. Azarlar, sitemler başlıyordu. Babam onu hiç mutlu etmediğimi, hiç teselli etmediğimi söylemeye başlıyordu; benim yüzümden her şeylerini kaybettiklerini, ama benim hâlâ Fransızca konuşmaya başlamamış olduğumu söylüyordu; kısacası, bütün başarısızlıklar, bütün mutsuzluklar, hepsi, hepsi benim ve annemin üzerine yıkılıyordu. Ama nasıl işkence edebiliyordu zavallı anneme? Ona bakarken kalbim parçalanırdı; yanakları sarkmış, gözleri çökmüştü, yüzünde veremli bir renk vardı. Benim payıma hepsinden daha fazlası düşüyordu. Hep birtakım ufak tefek şeylerden başlıyor, sonra iş Tanrı bilir nereye kadar gidiyordu; hatta genellikle neden bahsedildiğini anlamıyordum bile. Nelere köpürmüyordu ki!.. Fransızcaya, benim büyük bir aptal oluşuma, yatılı okulumuzun sahibinin ilgisiz, aptal bir kadın olmasına; benim şerefimizi hiç düşünmüyor olmama; babamın o vakte dek bir iş bulamamasına ve L'Homond gramerinin

1. Charles Françoise L'Homond (1792-1794) tarafından hazırlanan *Eléments de la grammaire française* (Fransızca Dilbilgisinin Öğeleri,1797) adlı Fransızca gramer kitabı. 1831 yılında Rusya'da yayımlanmıştı. (Y.N.)

iğrenç bir gramer olmasına, Zapolski gramerinin ise[1] çok daha iyi olmasına; bana boş yere bir sürü para harcamış olmasına; benim duygusuz, taş biri olmama... Kısacası, zavallı ben var gücümle çalışır, *dialogue*'ları[2] ve kelimeleri ezberlerdim, ama her şeyde suçlu bendim, her şeyin hesabını verirdim! Bütün bunların sebebi de babamın beni sevmemesi değildi; benim için, annem için kimseyi dinlemezdi. Ama ne yazık ki karakteri böyleydi.

Kaygılar, nöbetler, başarısızlıklar zavallı babacığıma aşırı işkence ediyordu: Güvensiz, huysuz olmuştu; sık sık umutsuzluğa kapılıyordu, sağlığını ihmal etmeye başlamıştı, üşüttü ve birden hastalandı, kısa süre acı çekti ve öyle birdenbire, öyle kısa sürede vefat etti ki biz birkaç gün bu darbeden kendimize gelemedik. Anneciğim donup kaldı; hatta ben onun aklından korktum. Babacığım ölür ölmez, alacaklılar yerden biter gibi geldi, sürüyle üşüştüler. Elimizde ne varsa, hepsini verdik. Petersburg tarafındaki, babamın biz Petersburg'a geldikten altı ay sonra aldığı küçük evimiz de satıldı. Kalanlar nasıl paylaşıldı bilmiyorum, ama biz yataksız, barınaksız, yiyeceksiz kaldık. Annem içten içe hastalıkla mücadele ediyordu, kendimizi geçindiremiyorduk, yaşamak imkânsızdı, ölüme sürükleniyorduk. On dört yaşıma daha yeni girmiştim. İşte o sırada Anna Fedorovna bizi ziyaret etti. Bir malikane sahibi olduğunu ve bizimle akraba olduğunu söylüyordu hep. Annem de bizim uzaktan akraba olduğumuzu doğruladı. Babam hayattayken o bize asla gelmemişti. Gözyaşları içinde geldi, bizi yanına almaktan büyük mutluluk duyacağını söyledi; bizim kaybımızın, yoksul halimizin acısını paylaşıyordu, o arada baba-

1. V. Zapolski'nin *Novaya uçobnaya kniga dlya frantsuzkova yazıka* (Yeni Fransızca Ders Kitabı, 1817) adlı kitabı kastediliyor. (Y.N.)

2. (Fr.) Diyalog. (Y.N.)

mın suçlu olduğunu söyledi; gelirine göre yaşamadığını, fazla ileri gittiğini ve artık kendi gücümüze göre yaşamamız gerektiğini söyledi. Bizimle yine görüşmek istediğini söyledi, karşılıklı tatsızlıkları unutmayı önerdi; annem ona karşı asla herhangi bir kötü his beslemediğini söyleyince de, gözyaşlarına boğuldu, annemi kiliseye çağırdı ve güvercini (babama böyle diyordu) için dinî tören yaptırdı. Sonra da annemle görkemli bir şekilde barıştı.

Uzun girişlerden ve uyarılardan sonra Anna Fedorovna, bizim yoksul durumumuzu, öksüzlüğümüzü, umutsuzluğumuzu, çaresizliğimizi parlak renklerle tasvir ederek bizi onun yanına, kendi ifadesiyle, sığınmaya davet etti. Anneciğim teşekkür etti, ama uzun süre karar veremedi; fakat yapacak bir şey olmadığından ve başka türlü düzene girmek imkânsız olduğundan, sonunda Anna Fedorovna'ya teklifini memnuniyetle kabul edeceğimizi söyledi. Petersburg tarafından Vasilyevski Adası'na doğru yola çıktığımız sabahı çok iyi hatırlıyorum. Sonbahar sabahıydı, aydınlık, kuru, soğuk bir sabahtı. Annem ağlıyordu; ben çok hüzünlüydüm; göğsüm sıkışıyordu, ruhum tarifsiz, korkunç bir kederle boğuluyordu... Zor bir zamandı.

II

Önceleri, biz, yani ben ve annem yeni yerimize alışamadık, ikimiz de biraz tedirgin, yabani olduk Anna Fedorovna'nın yanında. Anna Fedorovna Altıncı Hat'ta, kendi evinde yaşıyordu. Evde beş oda vardı. Üç tanesinde Anna Fedorovna ve onun yanında yetişen kuzinim Saşa oturuyordu; Saşa annesi babası olmayan, kimsesiz bir çocuktu. Bir odada da biz kalıyorduk ve son olarak, yanımızdaki, dip odada, Anna Fedorovna'nın kiracısı olan, Pokrovski adlı yoksul bir öğrenci kalıyordu. Anna Fedorovna çok iyi, bizim tahmin ettiğimizden daha zengin yaşıyordu; ama serveti bilmece gibiydi, ne işle uğraştığı da öyle. Hep kaygılıydı, hep telaşlıydı, günde birkaç kez gidip geliyordu; ama ne yaptığını, neyle uğraştığını ve ne için kaygılandığını asla tahmin edemiyordum. Çok sayıda ve çok çeşitli tanıdıkları vardı. Ona zaman zaman misafirler gelirdi ve hepsi de Tanrı bilir kimdi, hep bir iş için gelir, kısacık kalıp giderlerdi. Annem kapı çanı çalar çalmaz beni odamıza götürürdü. Anna Fedorovna bu yüzden anneme çok kızardı ve durmadan aşırı kibirli olduğumuzu, kibirli olacak halde olmadığımızı, kibirlenecek başka şeyler olduğunu söyler ve saatlerce susmazdı. O zamanlar bu kibirlilik imalarını anlamazdım; annemin Anna Fedorovna'nın yanında yaşamayı neden istemediğini de ancak şimdi anlıyor ya da en azından tahmin edebiliyorum zaten. Kötü bir kadındı Anna Fedorovna; bize sürekli işkence ediyordu.

Şu vakte dek onun bizi neden yanına davet ettiği bir sır olarak kaldı. Önceleri bize karşı çok kibardı, sonra, bizim kesinlikle çaresiz olduğumuzu ve gidecek yerimiz olmadığını görünce gerçek karakterini açık açık sergiledi. Sonraları bana karşı çok kibar davrandı, hatta kaba bir kibarlık sergiledi, ama başlangıçta ben de annemle birlikte katlanıyordum. İkide bir azarlıyordu bizi; bir tek kendi iyiliklerinden bahsedip duruyordu. Yabancılara bizi yoksul akrabaları olarak, yardıma muhtaç dul ve yetim olarak tanıtıyor, merhametten, Hıristiyanca sevgi yüzünden yanına aldığını söylüyordu. Masada yediğimiz her lokmayı sayıyordu; eğer yemezsek aynı hikâye başlıyordu: Biz tenezzül etmiyormuşuz; sanmayaymışız zenginliğin huzur getireceğini; en iyisi de bizdeymiş zaten... İkide bir babacığıma hakaret ediyordu; başkalarından daha iyi olmak istediğini, ama daha da kötü olduğunu; karısıyla kızını yeryüzünde tek başına bıraktığını ve hayırsever, Hıristiyanlık ruhuna sahip, merhametli bir akraba bulunmamış olsaymış, Tanrı bilir başımıza neler geleceğini, belki bir sokakta açlıktan çürüyüp gideceğimizi söylerdi. Neler neler söylüyordu böyle! Onu dinlemek acıdan çok tiksinti veriyordu. Annem durmadan ağlıyordu; sağlığı günden güne kötüleşiyordu, belirgin bir şekilde solmuştu, buna rağmen sabahtan akşama kadar çalışıyor, sipariş işler yapıyor, dikiş dikiyorduk. Anna Fedorovna bundan da pek hoşlanmıyordu; ikide bir evde bir moda mağazası istemediğini söylüyordu. Ama giyinmek lazımdı, öngörülmeyen harcamalara hazır olmak lazımdı, hep paraya sahip olmak lazımdı. Her fırsatta para biriktiriyor, zaman içinde bir yere taşınabileceğimizi umut ediyorduk. Fakat annem kalan sağlığını da çalışırken kaybetti; geçen her gün güçten düştü. Hastalık, tam bir kurt gibi, görünür bir şekilde hayatını kemiriyor ve mezara çekiyordu onu. Her şeyi görüyor, her şeyi hissediyor, hep acı çekiyordum; bütün bunlar gözlerimin önünde oluyordu!

Günler birbirini kovalıyor ve her gün bir öncekine benziyordu. Sessiz sakin, sanki şehirde değilmiş gibi yaşıyorduk. Anna Fedorovna, kendi iktidarından emin oldukça, yavaş yavaş sustu. Fakat kimse asla ona karşı çıkmayı düşünmüyordu. Odamız, onunkinden yarım koridor uzaktaydı, yan tarafımızda da, daha önce söylediğim gibi, Pokrovski oturuyordu. Saşa'ya Fransızca ve Almanca, tarih, coğrafya öğretiyordu Anna Fedorovna'nın dediği gibi, bütün bilimleri öğretiyordu ve buna karşılık ondan yer ve yemek alıyordu; Saşa afacan ve haylaz olsa da, çok anlayışlı bir genç kız olmuştu; on üç yaşına basmıştı. Anna Fedorovna anneme, yatılı okulda bana öğretmedikleri şeyleri öğrenmeye başlamamın kötü olmayacağını söyledi. Annem bunu mutlulukla kabul etti ve ben bütün bir yıl Saşa'yla birlikte Pokrovski'den ders aldım.

Pokrovski yoksuldu, çok yoksul bir delikanlıydı; sağlığı sürekli ders vermesine izin vermiyordu ve bize sırf alışkanlıktan öğrenci diyordu. Mütevazı, sakin, sessiz yaşıyordu, odamızdan sesi hiç duyulmazdı. Görünüşü çok tuhaftı; o kadar hantal yürür, o kadar hantal bir şekilde vedalaşır, o kadar tuhaf konuşurdu ki önceleri ona gülmeden bakamazdım. Saşa sürekli ona yaramazlıklar yapardı, özellikle de bize ders verdiği sırada. Ama onun ayrıca asabi bir karakteri vardı, bir hiç için bile olsa aniden öfkelenir, bize bağırır, bizden şikâyet eder ve sık sık, dersi bitirmeden, öfkeyle odasına giderdi. Bütün gün odasında oturur kitap okurdu. Bir sürü kitabı vardı ve hepsi de değerli, nadir kitaplardı. Başka bir yerde daha ders veriyordu, biraz ücret alıyordu, eline para geçer geçmez de hemen kitap almaya koşuyordu.

Zamanla onu daha iyi, daha yakından tanıdım. İyi kalpli, değerli bir insandı, karşılaşmış olduğum kişiler arasında en iyisiydi. Annem onu çok övüyordu. Sonra benim de en iyi dostum oldu – tabii, annemden sonra.

Önceleri ben o kadar büyük bir genç kız olduğum halde, Saşa'yla birlikte haylazlık ederdim ve o zamanlar biz saatlerce Pokrovski'yi nasıl sinirlendirip çileden çıkaracağımızı düşünerek kafa yorardık. Aşırı gülünç bir şekilde öfkelenirdi, biz de bunu çok eğlenceli bulurduk. (Bunu hatırlarken bile utanıyorum.) Bir keresinde onu ağlayacak kadar çok kızdırmıştık ve onun, "Hain çocuklar," diye fısıldadığını açık seçik duydum. Birdenbire mahcup oldum; utanmıştım, kırılmıştım, ona üzülmüştüm. Kulaklarıma kadar kızardığımı ve ağlayacak gibi bir halde ondan sakin olmasını ve bizim aptalca maskaralıklarımıza gücenmemesini rica etmiştim, ama o kitabı kapamış, dersi bitirmeden odasına gitmişti. Bütün gün hıçkıra hıçkıra ağladım. Biz çocukların acımasızlığımızla onu ağlayacak hale getirdiğimizi düşünmek benim için katlanılmaz bir şey olmuştu. Anlaşılan ağlamasını bekliyorduk. Anlaşılan bunu istiyorduk; anlaşılan, onun sabrını tüketmeyi başarmıştık; anlaşılan, zorla onu, o talihsizi, yoksulu, saldırgan talihini hatırlamaya zorlamıştık! Bütün gece sıkıntıdan, kederden, pişmanlıktan uyuyamadım. Pişmanlığın ruhu rahatlattığı söylenir, oysa tam tersi doğrudur. Benim kendi acıma ve özsevgime ne olduğunu bilmiyorum. Onun beni çocuk sanmasını istemiyordum. O sırada artık on beşime basmıştım.

O günden sonra Pokrovski'nin benim hakkımdaki fikrini değiştirmesini birdenbire nasıl sağlayabileceğime dair binlerce plan yapmaya zorladım hayal gücümü. Ama birdenbire ürkek ve çekingen olmuştum; o anki durumumda hiçbir şeye karar veremiyor ve sadece hayal etmekle (ve Tanrı bilir neler hayal etmekle!) yetiniyordum. Saşa'yla birlikte haylazlık etmeyi bıraktım; Pokrovski de bize öfkelenmeyi kesti; ama benim gururum için bu yeterli değildi.

Şimdi bir zamanlar karşılaşma fırsatı bulduğum insanlar arasında en tuhaf, en ilginç ve en zavallı insanla ilgili birkaç şey söyleyeceğim. Ondan şimdi, tam da anılarımın bu kısmında şu noktaya dek hiçbir ilgi göstermediğim kişiden bahsetmemin nedeni, Pokrovski'yle ilgili her şeyin benim için ansızın ilgi çekici olmuş olmasıdır!

Evimize bazen üstü başı topraklı, kirli, küçük, ak saçlı, hantal, bön, kısacası aşırı tuhaf bir ihtiyar gelirdi. İlk bakışta onun bir şeyden, sanki kendi kendinden utandığını düşünebilirdi insan. Bu yüzden de hep biraz iki büklüm yürürdü; öyle kasılmaları, yapmacık tavırları vardı ki hiç yanılmadan onun aklının yerinde olmadığını söylemek mümkündü. Bazen bize gelirdi, camlı kapıların ağzında durur ve eve girmeye cesaret edemezdi. Birimiz

–ben ya da Saşa, ya da ona iyiliği dokunmuş uşaklardan biri– yanından geçecek olsa hemen sallanmaya başlar, büzülür, türlü işaretler yapar ve belki de ancak ona doğru baş selamı verilip çağrıldığı zaman –evde bir yabancı olmadığını ve ona uygun olduğu zaman gelebileceğini gösteren bir işaret– ancak o zaman ihtiyar sessizce kapıyı açar, mutlulukla gülümser, mutluluktan ellerini çırpar ve parmak ucunda yürüyerek doğruca Pokrovski'nin odasına yönelirdi. Onun babasıydı.

Daha sonra bu yoksul ihtiyarın bütün hikâyesini ayrıntılı olarak öğrendim. Bir zamanlar bir yerde memurmuş, hiçbir yeteneği yokmuş ve memuriyette en alt seviyede, en önemsiz mevkide çalışıyormuş. İlk karısı (öğrenci Pokrovski'nin annesi) ölünce, ikinci kez evlenmeyi düşünmüş ve bir küçük burjuvayla evlenmiş. Yeni karısı evde her şeyi altüst etmiş; onun yüzünden kimse yaşayamaz hale gelmiş; herkesi avucunun içine almış. Öğrenci Pokrovski o sırada daha çocukmuş, on yaşındaymış. Üvey annesi ondan nefret ediyormuş. Ama küçük Pokrovski'nin talihi yaver gitmiş. Memur Pokrovski'yi tanıyan ve eskiden onun hamisi olan toprak sahibi Bıkov, çocuğu korumasına almış ve onu bir okula yerleştirmiş. Onunla ilgilenmesinin sebebi merhume annesini tanımasıymış, onu genç kızken evlendiren Anna Fedorovna'ymış ve onu memur Pokrovski'yle evlendirmiş. Anna Fedorovna'nın dostu ve yakın ahbabı olan Bay Bıkov, cömertliğini sergileyerek, geline beş bin ruble çeyiz vermiş. Bu paraların nereye gittiği bilinmiyor. Bana bütün bunları Anna Fedorovna anlattı; öğrenci Pokrovski'yse asla aile sorunlarından bahsetmezdi. Annesinin çok iyi bir insan olduğunu söylerler, bense neden böyle başarısız bir evlilik yaptığını, böyle önemsiz bir insanla nasıl evlendiğini anlamıyorum... Gençken, evlendikten dört yıl sonra ölmüş.

İlkokuldan sonra genç Pokrovski bir liseye ve sonra

da üniversiteye gitmiş. Petersburg'a çok sık gelen Bay Bıkov da onun hamiliğini bırakmamış. Bozuk sağlığı yüzünden Pokrovski üniversitedeki çalışmalarını sürdürememiş. Bay Bıkov da onu Anna Fedorovna'yla tanıştırmış, onu tavsiye etmiş ve böylece genç Pokrovski Saşa'ya ne gerekiyorsa öğretmek üzere işe alınmış.

Yaşlı Pokrovski'yse, karısının acımasızlığının acısıyla, kendini pis bir sefahate vermiş ve sürekli sarhoş gezmeye başlamış. Karısı onu dövüyormuş, mutfakta yaşamaya zorluyormuş ve o kadar ileri gidiyormuş ki sonunda dayak yiyip kötü muamele görmeye alışmış ve yakınmamaya başlamış. Aslında çok yaşlı bir adam değildi, ama kötü eğilimleri yüzünden neredeyse aklını yitirmişti. İnsanca soylu duyguların tek işareti oğluna duyduğu sınırsız sevgiydi. Genç Pokorovski'nin merhume annesine tıpatıp benzediğini söylüyorlardı. Eski iyi karısının hatıraları mıydı mahvolmuş ihtiyarın kalbinde oğluna karşı sınırsız bir sevgiye sebep olan şey? İhtiyar tıpkı oğlu gibi çok konuşmuyordu artık ve haftada iki kere düzenli olarak onu ziyarete geliyordu. Daha sık gelmeye cesaret edemiyordu, çünkü genç Pokorovski babasının ziyaretlerine katlanamıyordu. Bütün kusurları içinde, tartışmasız olarak, ilki ve en önemlisi babasına karşı saygısızlığıydı. Fakat, ihtiyar da yeryüzünün en katlanılmaz varlıklarından biriydi. Birincisi, korkunç meraklıydı, ikincisi durmaksızın oğlunu en boş ve manasız konuşma ve sorularla rahatsız ederdi; son olarak, bazen sarhoş bir halde gelirdi. Oğlu sefahatten, meraklılıktan ve ikide bir saçmalamaktan ihtiyarı biraz vazgeçirdi, hatta sonunda iş babanın oğlunu peygamber gibi her konuda dinlemesine ve ağzını o izin vermeden açmamasına vardı.

Yoksul ihtiyar Petyonka'sına (oğluna bu ismi takmıştı) hayranlık duyuyor ve onu seviyordu. Misafirliğe geldiği zaman, hemen her zaman herhalde oğlunun onu nasıl karşılayacağını bilmediği için kaygılı, ürkek bir hal takınır, genellikle uzun süre içeri girmeye karar veremez, eğer girerse bana yirmi dakika kadar sorardı: Petyonka nasıl? Sağlığı yerinde mi? Nasıl bir ruh halinde, daha önemli bir şeyle ilgileniyor olmasın? Ne yapıyor gerçekten? Birtakım önemli fikirleri mi yazıyor? Yeterince uğraşıp sakinleştirince, ihtiyar sonunda girmeye karar verirdi ve sessiz sessiz, dikkatle kapıyı çalar, önce sadece kafasını uzatır ve oğlunun öfkelenmeyip başını ondan çevirmediğini görünce, sessizce içeri girer, paltosunu, yırtık pırtık, delik, sökük uçlarıyla hiç çıkarmadığı şapkasını çıkarırdı – hepsini kancaya asar, bütün bunları usulca, ses çıkarmadan yapardı; sonra dikkatle bir yerde sandalyeye oturur ve oğlundan gözlerini ayırmazdı, her hareketini takip eder, Petyonka'sının ruh halini tahmin etmeye çalışırdı. Eğer oğlunun canı sıkkınsa, ihtiyar bunu fark eder, hemen yerinden kalkıp, "Neyse Petyonka, bir dakikalığına gelmiştim. Uzağa gidiyordum, geçerken dinlenmek için uğradım," derdi. Sonra sessizce, uysalca paltosunu, şapkasını alır, sessizce kapıdan çıkar ve ruhunda köpüren acıyı bastırmak ve onu oğluna belli etmemek için büyük çaba harcayarak giderdi.

Ama oğlu, bazen, babasını iyi karşılardı ve o zaman ihtiyar mutluluktan deliye dönerdi. Hoşnutluk belirirdi yüzünde, jestlerinde, hareketlerinde. Oğlu onunla konuşacak olursa, ihtiyar hep sandalyesinde biraz doğrulur ve sessizce, alttan alarak, neredeyse hürmetle yanıt verir ve hep özenli, yani anlaşılır sözler söylemeye çalışırdı. Ama dil yeteneği yoktu onda; her seferinde kafası karışır, ellerini nereye koyacağını, nasıl hareket edeceğini bilemeden geveler, sonra da uzun süre kendi kendine, düzeltmek ister gibi fısıldardı. Eğer düzgün bir yanıt vermeyi başarabilirse, ihtiyar rahatlar, üzerindeki yeleği, kravatı, ceketi düzeltir ve kendi kendine güvenen bir havaya bürünürdü. Bazen de o kadar canlanırdı ki sessizce sandalyesinden kalkıp kitap dolu rafa kadar gidecek, eline birkaç kitap alacak ve hatta hangi kitap olursa olsun bir şeyler okuyacak kadar toplardı cesaretini. Bütün bunları yapmacık bir aldırışsızlık ve soğukkanlılık havasıyla, sanki oğlunun kitaplarını hep böyle sahiplenebilirmiş, sanki oğlunun şefkatine bağlı değilmiş gibi yapardı. Ama ben bir keresinde, Pokrovski'nin ondan kitaplara dokunmamasını istemesi üzerine ihtiyarın ne kadar ürktüğünü gördüm. Ne yapacağını bilemedi, telaşlandı, kitabı baş aşağı bıraktı, sonra düzeltmeye çalıştı, çevirdi, kitabın kenarı dışarıda kaldı, güldü, kıpkırmızı oldu ve suçunu nasıl örteceğini bilemedi. Pokrovski verdiği öğütlerle ihtiyarı kötü alışkanlıklarından biraz vazgeçirmişti ve peş peşe üç kez düzgün bir halde görünce, çeyrek ruble, yarım ruble ya da daha çok para veriyordu ona. Bazen ona çizme, kravat ya da yelek alırdı. O zaman ihtiyar horoz gibi gururlanırdı. Bazen bize de gelirdi. Bana ve Saşa'ya horozşekerleri, elmalar getiriyor ve bizimle hep Petyonka hakkında konuşuyordu. Bizden dersleri dikkatle dinlememizi istiyor, Petyonka'nın iyi bir oğul, örnek bir oğul ve iki kat âlim bir oğul olduğunu söylüyordu. Bunları söylerken sol gözünü gülünç bir şekilde kırparak eğlenceli bir şekilde yüzünü eğip bükerdi, gülmekten kendimizi alamayıp bütün içtenliğimizle ona gülerdik. Anneciğim onu çok severdi. Ama Anna Fedorovna'nın, karşısında sudan sessiz, otlardan alçak duran ihtiyar, ondan nefret ederdi.

Bir süre sonra Pokrovski'den ders almayı bıraktım. Beni eskisi gibi çocuk, asi bir genç kız sayıyor, Saşa'yla aynı görüyordu. Bundan hiç hoşlanmıyordum, çünkü var gücümle eski halimi saklamak için çabalıyordum. Ama beni fark etmiyordu. Bu da beni gitgide yaralıyordu. Pokrovski'yle ders dışında hemen hiç konuşmamıştım, zaten konuşamazdım. Kızarıyordum, ne diyeceğimi şaşırıyordum ve sonra bir köşede utançtan ağlıyordum.

Eğer yakınlaşmamıza tuhaf bir olay yardımcı olmasa, bütün bunlar nereye varacaktı, bilemiyorum. Bir akşam, annem Anna Fedorovna'yla otururken, ben sessizce Pokrovski'nin odasına gittim. Onun evde olmadığını biliyordum ve doğrusu, onun odasına gitmek nereden aklıma gelmişti bilmiyorum. O zamana kadar o odaya hiç bakmamıştım, oysa bir yılı aşkın zamandır yan yana yaşıyorduk. Bu kez kalbim öyle güçlü, öyle güçlü atıyordu ki göğsümden fırlayacak gibiydi. Çevreme özel bir merakla bakındım. Pokrovski'nin odası çok yoksul döşenmişti; pek düzen yoktu. Duvarlarda kitap dolu beş uzun raf vardı. Masanın ve sandalyelerin üstü kitap doluydu. Kitap ve kâğıtla! Aklıma tuhaf bir fikir geldi ve o sırada içimi tatsız bir hoşnutsuzluk duygusu kapladı. Benim dostluğum, benim seven kalbim onun için önemsizmiş gibi geldi. O eğitimliydi, bense aptallıkla yanıyordum ve hiçbir şey bilmiyordum, hiçbir şey okumamıştım, bir tek kitap bile... Kitaplarla dolup taşan uzun raflara kıskançlıkla baktım. Beni bir hoşnutsuzluk, bir sıkıntı, bir çılgınlık kapladı. Onun bütün kitaplarını tek tek, olabildiğince çabuk okumayı istedim ve buna karar verdim. Bilmiyorum, belki de onun bildiği her şeyi öğrenince, onun dostluğuna layık olacağıma inandım. İlk rafa atıldım; hiç düşünmeden, hiç duraksamadan elime ilk gelen tozlu, eski cildi aldım ve çaldığım kitabı kızararak solarak heyecandan ve korkudan titreyerek odama götürdüm, geceleyin, annem uyurken lamba ışığı altında onu okumaya karar vermiştim.

Ama odamıza gidince kitabı telaşla açıp da eski, yarı yarıya parçalanmış, her yerini kurtlar yemiş Latince bir eserle karşılaşınca çok üzüldüm. Hiç vakit kaybetmeden geri döndüm. Tam kitabı rafa yerleştirmek isterken, koridorda bir gürültü oldu ve birinin ayak sesleri duyuldu.

Acele ettim, telaş ettim, ama kahrolası kitap diğerlerinin arasına öyle sıkı yerleştirilmişti ki ben birini çekince, diğerleri serbest kalıp üst üste yığılmış, eski arkadaşlarına yer bırakmamışlardı. Kitabı araya sokmaya gücüm yetmedi. Fakat kitapları var gücümle yana ittim. Rafı tutan ve herhalde kırılmak için kasten o ânı bekleyen paslı menteşe kırıldı. Rafın bir ucu aşağıya indi. Kitaplar gürültüyle yere düştü. Kapı açıldı ve Pokrovski odaya girdi.

Herhangi birinin onun eşyalarını karıştırmasına katlanamadığını belirtmek gerekiyor. Onun kitaplarına dokunmaya cesaret edenin vay haline! İrili ufaklı, türlü türlü biçimdeki, türlü türlü büyüklük ve incelikteki kitaplar raflardan yuvarlandı; masanın, sandalyelerin üstüne, bütün odaya saçıldı. Kaçmak istedim ama artık çok geçti. "Mahvoldum," diye düşündüm, "mahvoldum! Perişan oldum, bittim! On yaşında çocuk gibi şımardım, haylazlık ettim; aptal bir genç kızım ben! Büyük bir aptalım!" Pokrovski dehşetli öfkelenmişti. "İyi yani, bir bu kalmıştı!" diye bağırdı. "Yaramazlık etmeye utanmıyorsunuz!.. Uslu duramıyor musunuz siz?" diyerek kitapları toplamak için atıldı. Ona yardım etmeye çalıştım. "Gerek yok, gerek yok," diye bağırdı. "Sizin yapmanız gereken şey, istenmediğiniz yere girmemek." Fakat, benim uysal hareketlerim yüzünden biraz yumuşayarak daha hafif bir sesle, kısa süre önceki eğitmen sesiyle, öğretmenlik hakkını kullanarak devam etti: "Ne zaman yaşınıza yaraşır davranacaksınız, ne zaman durup bir düşünecеksiniz? Yani ben size bakıyorum, siz artık çocuk değilsiniz, küçük kız değilsiniz, artık on beş yaşına bastınız!" Ve bu sırada, herhalde haklı olduğundan, benim küçük olmadığımdan emin olmak için bana baktı ve kulaklarına kadar kızardı. Anlayamadım; karşısında durmuş gözlerimi hayretle açmış bir halde ona bakıyordum. Doğruldu, mahcup bir ifadeyle yanıma geldi, güçbela bir şeyler söylemeye çalıştı, sanki bir şey yüzünden özür dilemeye, belki de, benim büyük bir kız olduğumu şimdi fark ettiği için özür dilemeye çalıştı. Sonunda anladım. O sırada bana ne olduğunu hatırlamıyorum; şaşırdım, ne yapacağımı bilemedim, Pokrovski'den de çok kızardım, yüzümü ellerimle örttüm ve odadan koşarak çıktım.

Ne yapabileceğimi, utançtan nereye saklanacağımı bilemiyordum. Ne olursa olsun, beni odasında yakalamıştı! Üç gün boyunca ona bakamadım. Ağlayacak kadar kıpkırmızı oluyordum. En tuhaf düşünceler, karman çorman düşünceler dolanıyordu kafamda. Bunların biri, en delice olanı, onun yanına gitmek, ona açıklamak, ona her şeyi itiraf etmek, açıkça anlatmak ve onu aptal bir genç kız gibi değil, iyi niyetlerle hareket ettiğime inandırmaktı. Az kalsın gidiyordum, ama Tanrı'ya şükür, cesaretimi toplayamadım. Ya yapsaydım, diye düşünüyorum! Şimdi bile bunları hatırlamak içimi sızlatıyor.

Birkaç gün sonra annem birdenbire ağır bir hastalığa yakalandı. İki gün yataktan kalkamamış ve üçüncü gün ateşler içinde kâbus görmeye başlamıştı. Bir gece anneme bakarak uyumamıştım, yatağının yanında oturuyor, ona su getirip belli saatlerde ilacını veriyordum.

İkinci gece bitkin düştüm. Zaman zaman uyku bastırıyor, gözlerim kararıyor, başım dönüyordu ve her an yorgunluktan bayılır gibi oluyordum, annemin güçsüz iniltileri beni uyandırıyordu, irkiliyor, bir an uyanık duruyordum, sonra yine uyku bastırıyordu. Acı çekiyordum. Bilmiyorum –kendimi hatırlayamıyorum– ama kâbuslu uykuyla mücadele etmenin işkence dolu ânında korkunç bir rüya, dehşet verici bir hayal belirdi önümde. Korkuyla uyandım. Oda karanlıktı, lamba sönmüştü, ışık huzmeleri birden bütün odayı kapladı, duvarda belli belirsiz bir şey yanıp söndü, sonra tümden kayboldu. Nedense dehşete kapıldım, bir korku çöktü üzerime; hayal gücüm korkunç bir rüyayla canlanmıştı; kalbimi sıkıntı sardı... Sandalyeden sıçrayıp kalktım ve acı verici, korkunç bir şekilde iç karartıcı bir duygu yüzünden kendimi tutamayıp çığlık attım. O sırada kapı aralandı ve odamıza Pokrovski girdi.

Sadece onun kollarında kendime geldiğimi hatırlıyorum. Beni özenle koltuğa oturttu, bir bardak su verdi ve sorular sordu. Ne yanıt verdiğimi hatırlamıyorum. "Siz hastasınız, siz çok hastasınız," dedi elimi tutarak, "ateşiniz var, kendinizi mahvediyorsunuz, sağlığınızı düşünmüyorsunuz; sakin olun, uzanın, uyuyun. Ben iki saat sonra uyandırırım sizi, dinlenin biraz... Yatın, yatın!" diye devam etti benim karşı çıkmak için bir şey söylememe fırsat vermeden. Yorgunluk son gücümü de almıştı; güçsüzlükten gözlerim kapandı. Koltuğa uzandım, yarım saat uyumaya karar verdiysem de sabaha kadar uyudum. Pokrovski beni ancak anneme ilaç verme vakti geldiği zaman uyandırdı.

Ertesi gün, biraz dinlendikten sonra, bu kez uyumamaya kesin olarak karar vererek, annemin yatağının yanındaki koltukta yeniden oturmaya hazırlanırken, Pokrovski saat on birde odamızın kapısını çaldı. Kapıyı açtım. "Tek başınıza oturmaktan sıkılırsınız," dedi bana, "işte size kitap; alın; sıkılmazsınız böylece." Kitabı aldım; hangi kitap olduğunu hatırlamıyorum; bütün gece uyumadığım halde o zaman ona hiç bakmamış da olabilirim. Tuhaf bir iç heyecan uyumama izin vermedi; yerimde duramıyordum; birkaç kez koltuktan kalktım ve odada dolanmaya başladım. Bütün varlığımı bir iç hoşnutluk kaplamıştı. Pokrovski'nin ilgisinden çok mutlu olmuştum. Onun benim için huzursuz olup kaygılanmasından gurur duymuştum. Bütün gece düşünüp hayaller kurdum. Pokrovski bir daha gelmedi; gelmeyeceğini biliyordum ve bir sonraki geceyi merak ediyordum.

Ertesi gece, evde herkes yattıktan sonra, Pokrovski

kapısını açtı ve odanın eşiğinde durarak benimle sohbet etmeye başladı. O sırada karşılıklı neler konuştuğumuzun bir kelimesini bile hatırlamıyorum; sadece çekindiğimi, kendimden utandığımı, sıkıldığımı ve sabırsızca konuşmanın sonunu beklediğimi, ama var gücümle bu konuşmayı istediğimi, bütün gün bunu hayal ettiğimi, soru ve yanıtlarımı hazırladığımı hatırlıyorum şimdi... O gece arkadaşlığımızın ilk kıvılcımı oldu. Annemin hastalığı boyunca her gece birkaç saati beraber geçirdik. Sıkılganlığımı az çok yenmeyi başardım, oysa her konuşmamızdan sonra kendimden daha da sıkılıyordum. Fakat, gizli bir mutlulukla ve gururlu bir hoşnutlukla onun o paha biçilmez kitaplarını benim yüzümden unutmuş olduğunu görüyordum. Laf arasında, şaka yollu, kitapların raftan düşmesi de konuşuldu. Tuhaf bir andı, ben *aşırı* samimi ve açık yürekliydim; bir ateş, tuhaf bir heyecan kaplamıştı beni ve ona her şeyi itiraf ettim... eğitim almak, bir şeyler öğrenmek istediğimi, beni bir genç kız, bir çocuk saymasından sıkıldığımı... Tekrar ediyorum, çok tuhaf bir ruh hali içindeydim; kalbim yumuşamıştı, gözlerimde gözyaşları birikmişti – ve hiçbir şey saklamayıp her şeyi anlattım, her şeyi – ona duyduğum dostluğu, onu sevme arzumu, onunla bir gönül birliği içinde yaşama, onda teselli bulmak, onu sakinleştirmek arzumu. Bana biraz tuhaf bir şekilde, şaşkınlıkla, hayretle baktı ve bana tek kelime söylemedi. Birdenbire canım çok yandı, hüzünlendim. Beni anlamamış gibi, belki de benimle alay ediyormuş gibi geldi. Birdenbire bir çocuk gibi, hıçkıra hıçkıra ağladım, kendimi tutamadım; sanki nöbet geçiriyor gibiydim. Ellerimi tuttu, onları öptü, beni göğsüne yasladı, konuştu, sakinleştirdi beni; derinden etkilenmişti; benimle ne konuştuğunu hatırlamıyorum, ama ben de ağladım, güldüm ve yine ağladım, kızardım, mutluluktan tek kelime bile söyleyemedim. Fakat, heyecanıma rağmen, Pokrovski'de yine de belli bir çekingenlik ve ürkeklik kaldığını fark ettim. Herhalde, benim heyecanıma, benim coşkuma, böyle birdenbire gelen ateşli, alevli arkadaşlığıma hayret ediyordu. Belki de sadece merak ediyordu önce; daha sonra kararsızlığı kayboldu ve benimle aynı sade, açık duyguyla kabul etti ona olan bağlılığımı, tatlı sözlerimi, ilgimi ve bütün bunlara aynı ilgiyle, aynı dostlukla ve ilgiyle, içten bir arkadaş, bir kardeş gibi yanıt verdi. Kalbim öyle ısınmış, öyle şenlenmişti ki!.. Hiçbir şeyi saklamadım, gizlemedim; her şeyi görüyordu ve günden güne daha çok bağlanıyordu bana.

Ve gerçekten, hatırlamıyorum, onunla buluşmalarımızın bu acı dolu ve buna rağmen tatlı saatlerinde, geceleyin, gaz lambalarının titrek ışığında ve zavallı hasta annemin yatağının yanı başında neler konuşuyorduk?.. Akla gelen, kalpten çıkan, dile gelen her şeyi – ve neredeyse mutluyduk... Ah, hem kederli hem mutlu bir vakitti bu – hep beraberdik; ben de bunu hatırlarken hem kederli hem mutluyum. Hatıralar mutlu olsun, kederli olsun, hep acı verir; en azından benim için öyle; ama bu acı tatlı bir acı. Ve kalp ağırlaştığı, daraldığı, sıkıldığı, kederli olduğu zaman, o zaman hatıralar onu tıpkı sıcak bir günün ardından gelen rutubetli bir gecede çiy damlalarının zavallı, kurumuş, gündüz vakti sıcaktan kavrulmuş çiçeği canlandırması gibi aydınlatıp canlandırır.

Annem iyileşti, ama ben geceleri onun yatağının başında oturmaya devam ettim. Pokrovski bana sık sık kitap veriyordu; önceleri uyumamak için okuyordum, sonra daha dikkatle, sonra da aç gibi okumaya başladım; önümde bir sürü yeni şey, daha önceden bilmediğim, tanımadığım şeyler belirmişti. Yeni düşünceler, yeni izlenimler bir anda, gür bir sel halinde kalbime hücum etti. Ve yeni izlenimler bana ne kadar çok heyecan, ne kadar çok mahcupluk ve çaba getirdiyse, bütün ruhuma da o kadar tatlı geliyor, o kadar mutlulukla sarsıyorlardı beni. Bir anda, birdenbire, kalbime doluvermiş, kalbime dinlenme fırsatı vermemişlerdi. Bütün varlığımı tuhaf bir kaos sarsmaya başladı. Ama bu ruhsal zorlama beni tümüyle bozamazdı, bozacak kadar güçlü değildi. Aşırı hayalperesttim ve bu beni kurtardı.

Annemin hastalığı geçince, gece buluşmalarımız ve uzun sohbetlerimiz kesildi; bazen çoğu boş ve çok anlam taşımayan birkaç sözcük alışverişi yapabiliyorduk, ama ben hepsine kendi önemini, kendine özgü, imalı değerini veriyordum. Hayatım dopdoluydu, mutluydum, huzurluydum, sessiz bir mutluluk içindeydim. Böyle birkaç hafta geçti...

Bir ara yaşlı Pokrovski bize geldi. Uzun süre bizimle gevezelik etti, her zamankinden farklı olarak neşeli, rahat, konuşkandı; gülüyor, kendince şaka yapıyordu ve sonunda heyecanının sırrını açıkladı ve bize Petyonka'nın doğum gününün bir hafta sonra olduğunu ve bu fırsatla oğluna mutlaka geleceğini bildirdi; yeni yeleğini giyecekti ve karısı da ona yeni çizmeler almaya söz vermişti. Kısacası, ihtiyar fazlasıyla mutluydu ve aklına gelen her şey hakkında gevezelik ediyordu.

Onun doğum günü! Bu doğum günü bana gece gündüz huzur vermez oldu. Hemen Pokrovski'ye dostluğumuzu hatırlatmak ve ona bir şeyler hediye etmek için karar verdim. Ama ne? Sonunda ona kitap almak geldi aklıma. Onun Puşkin'in tüm eserlerinin[1] son baskısına sahip olmayı istediğini biliyordum ve Puşkin satın almaya karar verdim. El işlerinden kazandığım otuz ruble param vardı. Bu parayı yeni elbiseme saklamıştım. Hemen aşçımızın, yaşlı Matryona'nın yanına koşup bütün Puş-

1. Puşkin'in ölümünden sonra, 1838-1841 yılları arasında, on bir cilt olarak yayımlanan toplu eserleri kastediliyor. (Y.N.)

kin'lerin ne kadara mal olduğunu sordum. Eyvah! Toplam on bir kitabın bedeli, ciltlenip buraya getirilmesi dahil, en az altmış ruble olacaktı. Nereden para bulmalı? Düşünüp durdum ve ne yapacağımı bilemedim. Annemden rica etmek istemiyordum. Elbette, annem hemen yardım ederdi; ama o zaman evde herkes bizim hediyemizden haberdar olurdu; böylece bu hediye, Pokrovski'nin bir yıllık emeği karşılığındaki bir teşekküre dönüşecekti. Ben herkesten habersiz, tek başıma hediye vermek istiyordum. Onun benim üzerimdeki emekleri için de dostluğumun dışında bir şey ödemeden sonsuza dek borçlu kalmak istiyordum. Sonunda, bu güçlükten çıkmanın bir yolunu buldum.

Gostiniy Dvor'daki sahaflarda bir kitabın, ikinci el, biraz hırpalanmış ve neredeyse yepyeni olarak bazen fiyatının yarısına bulunabileceğini biliyordum. Hemen Gostiniy Dvor'a gitmeye karar verdim. Gittim; ertesi gün hem bizim hem Anna Fedorovna'nın bir şeye ihtiyacı oldu. Annemin sağlığı iyi değildi, Anna Fedorovna o sırada çok tembellik ettiği için bu görevi yerine getirmek bana düştü ve ben Matryona'yla birlikte yola koyuldum.

Şansıma, Puşkin'i, hem de çok güzel bir ciltle kısa sürede buldum. Pazarlık etmeye başladım. Önce kitapçılardakinden bile daha yüksek fiyat verdiler; ama sonra, fakat epey bir çabayla, birkaç kez gidip gelerek tüccarı fiyatı düşürmeye ve on gümüş rubleyle yetinmeye ikna ettim. Çok eğlenceli olmuştu pazarlık yapmak!.. Zavallı Matriyona ne yaptığımı ve neden bu kadar çok kitap almaya kalkıştığımı anlamıyordu. Fakat felaket! Benim bütün sermayem otuz rubleydi, tüccarsa daha ucuza vermeye asla yanaşmıyordu. Sonunda rica etmeye, ısrar etmeye başladım, sonunda yalvardım. Razı oldu, ama sadece iki buçuk ruble indi ve bu indirimi sırf benim hatırım için, böyle güzel bir hanımefendi olduğum için yaptığını, başkası olsa asla yapmayacağını söyledi. İki buçuk ruble eksik kaldı! Sıkıntıdan ağlamak üzereydim. Ama bu acıma hiç beklenmedik bir olay yardımcı oldu.

Biraz ötemde, kitap dolu bir başka masanın başında, yaşlı Pokrovski'yi gördüm. Çevresine dört-beş sahaf toplanmıştı; bir şeyler verip duruyor, boğacak gibi sıkıştırıyorlardı. Her biri kendi malını teklif ediyordu, bir sürü şey teklif ediyorlar, o da bir sürü şey almak istiyordu! Zavallı ihtiyar ortalarında dayak yemiş gibi duruyor ve ona teklif edilen şeyi neden alacağını bilemiyordu. Yanına gidip burada ne aradığını sordum. İhtiyar beni gördüğüne çok sevindi; beni tarifsiz seviyordu, belki Petyonka kadar seviyordu. "Kitap alacaktım Varvara Alekseyevna," dedi bana, "Petyonka'ya kitap alıyorum. Onun doğum günü yaklaşıyor, o da kitap sever, o yüzden kitap alıyorum ona..." İhtiyar hep gülünç bir şekilde açıklama yapardı, ama şimdi iki kat dehşetli bir şaşkınlık içindeydi. Neyin fiyatını sorsa, bir gümüş ruble, iki ruble, üç gümüş ruble; büyük kitapların fiyatını sormuyordu üstelik, onları kıskançlıkla gözden geçiriyor, sayfalarını karıştırıyor, elinde döndürüyor ve yine yerine bırakıyordu. "Hayır, hayır, bu pahalı," diyordu alçak sesle, "belki şurada bir şey vardır," diyerek incecik defterleri, nota defterlerini, yıllıkları ayıklamaya başlıyordu; bunların hepsi çok ucuzdu. "Fakat neden bunları alıyorsunuz ki," dedim ona, "bunlar aşırı gereksiz şeyler." "Ah, hayır," dedi bana, "hayır, baksanıza şurada güzel kitapçıklar var; çok, çok güzel kitapçıklar var!" Ve bu son sözleri öyle acıklı bir şekilde uzatarak söyledi ki bana iyi kitaplar daha pahalı olduğu için sıkıntıdan ağlamaya başlayacakmış, solgun yanağından kırmızı burnuna bir gözyaşı damlası yuvarlanıyormuş gibi geldi. Parası olup olmadığını sordum. "İşte bu," diye bir gazete kâğıdına sarılmış paralarını uzattı bana zavallı, "işte yarım gümüş, yirmi kapik, yirmi bakır kapik." Hemen onu benim sahafa sürükledim. "İşte toplam on bir kitap, otuz iki buçuk ruble tutuyor; bende otuz var; siz de iki buçuk koyun, bütün bu kitapları alıp birlikte hediye edelim." İhtiyar sevinçten kendini kaybetti, bütün paralarını döktü ve sahaf ortak kütüphanemizi ona yükledi. İhtiyar kitapların hepsini ceplerine koydu, iki koluna, koltuk altlarına doldurdu ve bütün kitapları ertesi gün gizlice bana getirme sözü vererek alıp eve götürdü.

Ertesi gün ihtiyar oğluna geldi, bir saat her zamanki gibi onun yanında oturdu, sonra bize gelip çok komik bir esrarlı havayla yanıma oturdu. Önce gülerek, ellerini bir sır sahibi olmanın gururlu hoşnutluğuyla ovuşturarak bana bütün kitapları getirdiğini ve hepsinin mutfakta, Matryona'nın himayesinde bir köşede durduğunu bildirdi. Sonra sohbet doğal olarak beklenen kutlamaya yöneldi; sonra ihtiyar bizim nasıl hediye vereceğimizi uzun uzun anlattı, hatta bu konuya o kadar daldı ki o konuştukça dilinin altında bir şeyler olduğunu, ama söylemeye cesaret edemediğini, hatta korktuğunu anladım. Yine de susup bekledim. O vakte dek onun tuhaf ağız hareketlerinden, sırıtmalarından, sol gözüyle göz kırpmalarından kolayca okunan o gizli mutluluk, gizli hoşnutluk ortadan kaybolmuştu. Gitgide daha sabırsız ve üzüntülü bir hal alıyordu; sonunda kendini tutamadı.

"Dinleyin," diye başladı söze ürkerek, alçak sesle, "dinleyin Varvara Alekseyevna... Biliyor musunuz ne yapalım, Varvara Alekseyevna?.." İhtiyar korkunç bir bocalama içindeydi. "Bakın, onun doğum günü sırasında, bu on kitabı alın ve kendiniz hediye edin, yani kendi hediyeniz olarak, kendiniz verin; ben de on birinci cildi alır kendi hediyem olarak veririm, yani sırf benim hediyem olarak. Yani, anlıyor musunuz – hem siz bir şey vermiş olacaksınız, hem de ben bir şey vermiş olacağım; ikimiz de bir şey vermiş olacağız." İhtiyar telaşlanıp sustu. Ona baktım; ürkek bir merakla benim konuşmamı bekliyordu.

"Neden birlikte vermemizi istemiyorsunuz Zahar Petroviç?"

"Yani, Varvara Alekseyevna, bunun nedeni... yani, çünkü..."

İhtiyar tam anlamıyla bocaladı, kıpkırmızı oldu, ne diyeceğini bilemedi ve öylece durdu.

"Bakın," diye açıkladı sonunda. "Varvara Alekseyevna, ben, zaman zaman savurganlık yaparım... yani neredeyse sürekli yaparım, hep savurganlık yaparım demek istiyorum.. İyi olmadığını da biliyorum... yani, anlıyor musunuz, dışarıda soğuk oluyor, bazen de birtakım tatsızlıklar ya da üzücü bir şeyler oluyor, ben kendimi tutamıyorum, elimdekiyle savurganlık yapıyorum, bazen gereksiz yere içiyorum. Petenka bundan hiç hoşlanmıyor. Anlıyor musunuz, Varvara Alekseyevna, buna öfkeleniyor, bana hakaret ediyor ve bana birtakım ahlak dersleri veriyor. İşte o yüzden ben de şimdi ona kendi hediyemi vermek, düzeldiğimi, düzgün davrandığımı göstermek istiyorum. Ona kitap almak için para biriktirdim, uzun zamandır biriktiriyordum, çünkü bende para olmaz pek, Petenka verirse olur. O da biliyor bunu. O yüzden, şimdi paramı nasıl kullandığımı görecek ve bütün bunları sırf onun için yaptığımı anlayacak."

İhtiyara çok üzüldüm. Biraz düşündüm. İhtiyar sabırsızlıkla bakıyordu bana. "Dinleyin, Zahar Petroviç," dedim, "ona hepsini kendiniz verin!"

"Nasıl hepsini? Bütün kitapları mı?.."

"Tabii evet, bütün kitapları."

"Kendimden diye mi?"

"Kendinizden."

"Bir tek kendimden mi? Yani kendi adıma mı?"

"Evet, kendi adınıza verin."

Sanırım çok açık söylemiştim, ama ihtiyar uzun süre anlayamadı söylediklerimi.

"Peki öyleyse," dedi biraz düşündükten sonra, "olur! Bu çok güzel olur, bu çok çok güzel olur, ama siz ne yapacaksınız Varvara Alekseyevna?" – "Bir hediye vermeyeceğim." – "Nasıl!" diye bağırdı ihtiyar ürkmüş gibi, "Petenka'ya bir hediye vermeyecek misiniz, nasıl istemezsiniz ona bir şey vermek?" İhtiyar ürkmüştü; o sırada, sanırım, sırf ben onun oğluna bir şey vereyim diye teklifinden vazgeçmeye de hazırdı. İyi kalpliydi bu ihtiyar! Bir hediye vermekten mutlu olacağımı, ama onun mutluluğunu elinden almak istemediğimi söyledim ona. "Eğer oğlunuz hoşnut olursa," dedim, "siz de mutlu olursanız, o zaman ben de mutlu olurum, çünkü gizli gizli, kalbimin derinlerinde, gerçekten kendim vermişim gibi hissederim." İhtiyar bunu duyunca sakinleşti. Bizde iki saat daha oturdu, ama bu arada yerinde oturamıyor, ayağa kalkıyor, geziniyor, gevezelik ediyor, Saşa'yla şakalaşıyor, yanağımı öpüyor, elimi sıkıyor ve Anna Fedorovna'ya sessizce gülümsüyordu. Anna Fedorovna sonunda onu evden kovdu. Kısacası, belki de hiç olmadığı kadar mutlu olmuştu.

Kutlama günü saat on bire doğru, ayinden çıkıp geldi, jilet gibi ütülenmiş bir frak, yepyeni bir yelek ve yeni çizmeler giymişti. İki elinde iple bağlanmış kitaplar vardı. O sırada hep birlikte salonda Anna Fedorovna'nın yanında oturmuş kahve içiyorduk (pazar günüydü). İhtiyar, sanırım, Puşkin'in çok iyi bir şair olduğunu söyleyerek girdi söze; sonra, birdenbire düzgün davranmak gerektiğini ve bir insan düzgün davranmıyorsa, bunun onun aylak biri olduğunu gösterdiğini söyledi; kötü eğilimler insanı yıpratır ve mahvederdi; hatta kendine hâkim olamamanın birkaç yıkıcı örneğini sıraladı ve sözünü bir süredir kesinlikle düzeldiğini ve artık örnek olacak kadar iyi davrandığını söyleyerek tamamladı. Bunun kanıtı olarak da uzun zaman biriktirdiği parayla aldığı kitapları hediye ediyordu.

Zavallı ihtiyarı dinlerken kendimi tutamayıp hem güldüm hem ağladım; sonuçta gerekirse yalan söylemek de lazım! Kitaplar Pokrovski'nin odasına götürüldü ve yere bırakıldı. Pokrovski hemen tahmin etti gerçeği. İhtiyarı yemeğe davet ettik. O gün herkes çok neşeliydi. Yemekten sonra oyun oynadık, iskambil oynadık; Saşa hoplayıp zıplıyordu, ben de ondan geri kalmadım. Pokrovski benimle ilgilendi ve benimle yalnız kalıp konuşmak için fırsat aradı, ama bulamadı. O gün son dört yıl boyunca yaşadığım en güzel gündü.

Ama şimdi kederli, ağır hatıralar geliyor; kara günlerimin hikâyesi başlıyor. Belki de bu yüzden, kalemim daha ağır hareket ediyor ve sanki daha fazla yazmaktan kaçınıyor gibi. Belki de bu yüzden, mutlu günlerimde yaşadıklarımın en küçük ayrıntısı bile hatırlayınca bana büyük bir heyecan ve sevgi veriyor. O günler çok kısa sürdü; onların yerini acı, ne zaman biteceğini bir tek Tanrı'nın bildiği kara acı aldı.

Pokrovski'nin hastalanıp ölmesiyle başladı talihsizliklerim.

Burada anlattığım son olaylardan iki ay sonra hastalandı. Bu iki ay içinde sürekli geçim derdindeydi, çünkü o zamana kadar belli bir mevki sahibi olamamıştı. Bütün veremliler gibi, o da son ânına kadar uzun süre yaşama umudunu kaybetmedi. Bir yerlerde öğretmenlik işi buldu; ama bu mesleği reddetti. Resmî bir mevkide çalışması sağlığı nedeniyle imkânsızdı. Ayrıca ilk maaşını almak için beklemek zorunda kalacaktı. Kısacası, Pokrovski her açıdan başarısız oluyordu; karakteri bozuldu. Sağlığı bozuldu; bunu fark etmedi. Sonbahar geldi. Her gün ince paltosuyla çıkıp iş arıyor, çeşitli yerlerden iş rica ediyor ve yalvarıyordu ki bu da onu içten içe yıpratıyordu; ayakları ıslanıyor, yağmurdan sırılsıklam oluyordu ve sonunda yatağa düştü, bir daha da kalkamadı... Sonbahar sonlarında, ekim ayının sonunda öldü.

Onun hastalığı boyunca odasından hemen hiç çıkmamış, ona bakmış, hizmetini görmüştüm. Genellikle geceleri uyumuyordu. Nadiren kendinde oluyordu; sayıklıyordu; Tanrı bilir neler söylüyordu: kendi mevkisini, kitaplarını, beni, babasını anlatıyordu... O sırada daha önce hiç bilmediğim, hatta aklımın ucundan bile geçmeyen şeyler öğrendim. Hastalığın ilk döneminde bizimkiler bana tuhaf bir şekilde bakıyordu; Anna Fedorovna başını sallıyordu. Ama ben hiçbirine aldırmadım ve onlar da Pokrovski'ye yardımcı olmamı kınamaktan vazgeçtiler – en azından annem vazgeçti.

Pokrovski bazen beni tanıyordu, ama bu nadiren oluyordu. Neredeyse hep kendini kaybetmiş durumda oluyordu. Bazen bütün gece biriyle uzun uzun konuşurdu, anlaşılmaz karanlık sözler söylerdi ve hırıltılı sesi daracık, mezara benzeyen odasında boğuk bir şekilde yankılanırdı; o zaman çok korkardım. Özellikle son gece çıldırmış gibiydi; aşırı acı çekti, üzüldü; inlemeleri ruhumu parçalıyordu. Evdeki herkes ürkmüştü. Anna Fedorovna Tanrı onu hemen yanına alsın, diye dua ediyordu. Doktoru çağırdılar. Doktor hastanın sabaha kadar kesinlikle öleceğini söyledi.

İhtiyar Pokrovski bütün geceyi koridorda, oğlunun odasının önünde geçirmişti; orada onun için bir örtü serdiler. İkide bir odaya girip çıkıyordu; korkunç görünüyordu. Acıdan perişandı, duygusuz ve anlamsız bakıyordu. Korkuyla sallanıyordu başı. Baştan aşağı titriyor ve kendi kendine bir şeyler fısıldıyor, kendi kendine birtakım kararlar veriyordu. Acıdan delirmiş gibi geliyordu bana.

Tan vaktinden önce, ruhsal acıdan yorgun düşen ihtiyar örtünün üzerinde ölü gibi uyuyakaldı. Saat sekizde oğlu can çekişmeye başladı; babasını uyandırdım. Pokrovski'nin belleği geri gelmişti, hepimizle vedalaştı. Çok tuhaftı! Ağlayamadım; ama ruhum paramparça olmuştu.

Ama beni en çok perişan eden ve acıya boğan şey onun son anları oldu. Nedense katılaşmış diliyle uzun uzun bir şeyler rica etti, ama ben söylediklerinden hiçbir şey anlayamadım. Kalbim acıdan ağırlaştı! Bir saat boyunca huzursuzluk çekti, hep bir şeyler istedi, soğumuş elleriyle birtakım işaretler yapmaya çalıştı ve sonra yine acıklı, hırıltılı, boğuk bir sesle bir şeyler rica etmeye başladı; ama sözleri anlamsız seslerden ibaretti ve yine hiçbir şey anlamadım. Ona ne bulduysam götürdüm, su verdim; ama o hep hüzünle başını sallayıp reddediyordu. Sonunda ne istediğini anladım. Perdeyi açıp panjurları açmamı istiyordu. Herhalde, son bir kez gün ışığını, Tanrı'nın ışığını, güneşi seyretmek istiyordu. Perdeyi açtım; ama başlayan gün hüzünlü ve kederliydi, ölen adamın sönmekte olan zavallı hayatı gibi. Güneş yoktu. Bulutlar göğü dumandan bir perdeyle örtmüştü; yağmurlu, kapalı, kederli bir hava vardı. İnce bir yağmur süzülüyordu camlardan ve onları soğuk, kirli su akıntılarıyla siliyordu; donuk ve karanlıktı hava. Odaya solgun günün ışınları hafif hafif geliyordu ve ikonanın önünde yanan lambanın titrek ışığından pek de fazla değildi. Ölen adam hüzünlü hüzünlü baktı bana ve başını salladı. Bir dakika sonra ölmüştü.

Cenaze törenini Anna Fedorovna hazırladı. Sade bir tabut satın alındı ve bir yük arabası kiralandı. Anna Fedorovna masraflar karşılığında merhumun kitaplarına ve diğer eşyalarına el koydu. İhtiyar onunla tartıştı, bağırdı, alabildiği kadar kitabı elinden aldı, ceplerine doldurdu, şapkasına doldurdu, üç gün boyunca yanında taşıdı, hatta kiliseye giderken bile yanından ayırmadı. O günlerde kendini kaybetmiş gibiydi, sersemlemişti ve tuhaf bir dalgınlıkla tabutun çevresinde uğraşıp duruyordu: Bazen merhumun alnındaki *vençik*'i[1] düzeltiyor, bazen mumları yakıp alıyordu. Doğru dürüst düşünemediği belliydi. Annem de Anna Fedorovna da kilisedeki ayine katılmadılar. Annem hastaydı, Anna Fedorovna da her şeyi toplamış, ihtiyar Pokrovski'yle tartışmış ve evde kalmıştı. Bir tek benle ihtiyar oradaydık. Tören sırasında bir korku düştü içime; sanki olacakları sezmiştim. Kiliseden kaçmamak için zor tuttum kendimi. Sonunda tabut kapatıldı, çivisi çakıldı, arabaya kondu ve yola çıktı. Ona caddenin sonuna kadar eşlik ettim. Arabacı tırıs gidiyordu. İhtiyar peşinden koşuyor ve bağıra çağıra ağlıyordu; ağlayışı koştuğu için titrek, kesik kesik bir sesle duyuluyordu. Zavallı şapkasını düşürdü ve onu kaldırmak için durmadı. Başı yağmurdan sırılsıklam oldu; rüzgâr çıktı; yüzü kırağıyla kaplanıp ıslandı. İhtiyar kötü havanın farkında değilmiş gibiydi ve ağlayarak arabanın bir sağında bir solunda koşuyordu. Eski redingotunun etekleri rüzgârda kanat gibi havalanıyordu. Bütün ceplerinden kitaplar dökülüyordu; iki eliyle dev bir kitap tutuyordu, sıkıca sarılmıştı ona. Yoldan gelip geçenler şapkalarını çıkarıp haç çıkarıyorlardı. Bazıları da durmuş şaşkın şaşkın ihtiyarı seyrediyordu. Tek tek çamura düşüyordu cebinden kitaplar. Onu durduruyor, düşürdüğü şeyi gösteriyorlardı; onu yerden alıp yine tabutun peşinden koşuyordu. Caddenin köşesinde yoksul, yaşlı bir kadın yanaştı tabuta, ona eşlik etmeye başladı. Eve döndüm. Korkunç bir kederle annemin göğsüne atıldım. Kollarımla onu sıkı sıkı sardım, öptüm ve hıçkıra hıçkıra ağladım, ürkerek sokuldum ona sanki son dostumu kollarımda korumak ve onu ölüme teslim etmemek ister gibi... Ama ölüm çoktan çökmüştü zavallı annemin üzerine!

1. (Rus.) Ortodoks geleneğinde ölünün alnına konan, üzerinde Hz. İsa'nın tasvirinin olduğu kurdele. (Y.N.)

11 Haziran

Dün akşamki ada gezimiz için size nasıl minnettarım, Makar Alekseyeviç! Ne kadar aydınlık, güzeldi orası, ne kadar yeşildi! Uzun zamandır yeşillik görmemiştim; hastalandığım zaman, ölmem gerekiyor ve hemen öleceğim gibi gelmişti; bir düşünün dün neler hissetmiş, nasıl hissetmiş olabilirim! Dün o kadar hüzünlü olduğum için bana kızmayın; çok iyiydim, çok rahattım, ama en iyi anlarımda bile, ben hep hüzünlenirim. Ağlamış olmamın da hiç önemi yok; ben bile bilmiyorum neden ağladığımı. Hastayım, sinir bozucu hisler içindeyim; izlenimlerim hastalıklı. Bulutsuz, solgun gök, güneşin batışı, dün akşamki sessizlik –bütün bunlar– bilemiyorum ama dün bütün bu izlenimleri ağır ve acı verici bulacak bir haldeydim, kalbim kabardı ve ruhum gözyaşlarını koyuverdi. Ama neden yazıyorum bütün bunları size? Bütün bunları söylemek kendine itiraf etmek zor, bir başkasına anlatmak daha da zor. Ama siz, herhalde beni anlarsınız. Hem hüzün hem kahkaha! Gerçekten, ne kadar iyisiniz Makar Alekseyeviç! Dün gözlerimin içine, neler hissettiğimi gözlerimde okumak için nasıl baktınız öyle, benim heyecanıma nasıl hayran oldunuz. Bir çalılık, bir ağaçlıklı yol, bir su kıyısı buluyordunuz; bulunca hemen karşıma geçip gösteriyor ve sanki bana kendi mülkünüzü gösteriyormuş gibi bakıyordunuz gözlerimin içine. Sizin iyi bir kalbiniz olduğunu kanıtlıyor bu Makar Alekseyeviç. Sizi bu yüzden seviyorum. Neyse, hoşça kalın. Bugün yine hastalandım; dün ayaklarım ıslandı ve üşütmüşüm bu yüzden; Fedora da biraz hasta, o yüzden ikimiz de hasta yatıyoruz. Unutmayın beni, daha sık gelin.

Sizin olan,
V.D.

12 Haziran

Güvercinim, Varvara Alekseyevna,

Canım, ben de dün akşamdan sonra bana gerçek şiirler yazarsınız diye düşünüyordum, oysa sizden çıka çıka bir sayfa çıkmış. Bunu söylememin nedeni şu: Siz bana bir sayfadan da az yazardınız, ama o zaman da sıra dışı güzellik ve tatlılıkla yazardınız. Bir yandan doğa, bir yandan çeşitli köy manzaraları, bir yandan o duygular; kısacası, bütün bunları çok güzel yazmışsınız. Ama benim böyle bir yeteneğim yok. On sayfa yazmaya niyetlensem bile, hiçbir şey çıkmaz, hiçbir şey yazamam. Denedim.

Canımın içi, siz benim iyi, kötülükten uzak, yakınına bir fenalık yapamayan ve iyilik düşkünü, doğayı bilen, anlayan biri olduğumu yazıyor, dahası, beni övgülere boğuyorsunuz. Bütün bunlar doğru, canım, bütün bunlar gerçekten doğru; ben gerçekten de böyleyim, dediğiniz gibiyim ve ben de biliyorum bunu; ama sizin yazdıklarınızı okurken, ister istemez duygulanıyorum, sonra da türlü fikirler geliyor aklıma. Şimdi dinleyin beni canım, size bir şeyler anlatacağım.

Memuriyete girdiğimde on yedi yaşımda olduğumu söyleyerek başlayayım, şimdi otuz yıl geçmiş oldu bu mesleğe girdiğimden beri. Bir sürü üniforma eskittiğimi söylemeye gerek bile yok; olgunlaştım, akıllandım, insanları tanıdım; gördüm geçirdim, diyebilirim, hatta bir keresinde bana haç nişanı takmak isteyecekleri kadar şey gördüm. Belki inanmazsınız ama emin olun, yalan söylemiyorum size.

Neyse canım, kötü insanlar bunu da çok gördüler! Ama size şunu söyleyeyim canım, karanlık bir insan, aptal bir insan olsam da, ne yazık ki benim de başkalarındaki gibi bir kalbim var. Biliyor musunuz Varenka, kötü bir adam bana neler yaptı? Yaptığını söylemek bile ayıp; sorun bir bakalım, neden yaptı? Sırf ben uysal olduğum için, sessiz olduğum için, iyi kalpli olduğum için! Onların huyuna gitmedim, zamanla onlar benim huyuma geldi. Önceleri, "Ya, Makar Alekseyeviç, siz şöyle şöyle," diye başladılar; sonra, "Ya, Makar Alekseyeviç'e sormayın," haline geldi bu. Sonra da, "Ya, tabii, Makar Alekseyeviç böyledir," diye karar verdiler. İşte canım, görüyorsunuz işlerin nereye vardığını. Her şey Makar Alekseyeviç'ten bilinir oldu; Makar Alekseyeviç'i bizim idarede ağza sakız ettiler. Üstelik benim adıma atasözleri, hatta küfürlü sözler çıkardılar, üniformama, saçlarıma, şeklime şemalime karıştılar; onlara göre olmayan ne varsa, hepsini değiştirmek gerekiyormuş! Hem de bütün bunlar, hemen hemen her gün tekrar tekrar söyleniyordu. Alıştım, çünkü her şeye alışıyorum, çünkü uysal bir insanım, çünkü ben küçük insanım; fakat, bütün bunlar ne için? Kime ne kötülüğüm olmuş? Birinin rütbesine mi engel oldum? Üstlerimin önünde birini mi karaladım? Ödül mü istedim? Birine kölelik mi yaptım? Böyle bir şeyi düşünmeniz bile günahtır, canım! Ne diye yapayım bütün bunları?

Baksanıza, canımın içi, korkaklık ve ikbal düşkünlüğüne yeteneğim var mı, yapabilir miyim? Peki nedir bana yapılan bu saldırılar, söylesenize Tanrı aşkına? Siz şimdi beni onurlu bir insan sayıyorsunuz, ama siz diğerlerinden farklısınız, canım. Bir yurttaş için en büyük iyilik nedir? Evstafi İvanoviç'le yaptığımız özel bir görüşmede, bir yurttaşın en büyük iyiliğinin para saklayabilmek olduğunu konuştuk. Şaka yollu şöyle dedi kendisi (şaka olduğunu biliyorum), kimseye yük olmamak bir ahlak dersidir; ben kimseye yük olmuyorum! Ben kendi ekmeğimi kazanıp yiyorum; doğru, kuru bir parça ekmek, hatta kararmış ekmek; ama çalışarak kazanılmış, yasal ve hile hurda yapmadan elde edilmiş bir ekmek. Ne yapayım! Yazıları temize çekme işiyle az kazandığımı ben de biliyorum; yine de gurur duyuyorum bundan; çalışıyorum, ter döküyorum. Ama sonuçta gerçekten böyle; yazı temize çekiyorum! Günah değil ya yazı temize çekmek? "Zaten o yazıları temize çeker!", "Bu memur müsveddesi var ya," derler, "yazı temize çeker!" Bunda onursuz bir şey var mı? Şöyle daha okunaklı, daha güzel, göze hoş görünen ve aşırı hoşnutluk verici bir yazı; ben onlar için önemli evrakları temize çekiyorum. Ama üslubum yok, bunu ben de biliyorum, olmadığını, kötü olduğunu; işte bu yüzden de meslekte yer edinemedim, hatta işte size bile şimdi, sevgili akrabam, öylece, eğlenmeden, içimden nasıl geçerse öyle yazıyorum... Fakat herkes eser verecek olsaydı, kim yazıları temize çekecekti? İşte böyle sorup yanıtını da kendim veriyorum, canım. Yani biliyorum bana gerek olduğunu, vazgeçilmez olduğumu ve insanların saçmalıklarına kulak asmamak gerektiğini. Ama ne yazık ki müsvedde diyerek bir benzerlik buluyorlar! Tamam da bu müsvedde lazım size, bu müsvedde işinize yarıyor, bu müsvedde sayesinde işler yolunda gidiyor, bu müsveddeye ikramiye vermeniz lazım; müsvedde olsa bile!

Fakat, bu konu uzadı iyice canım; bundan bahsetmek istemiyordum, ama kendimi tutamadım. Zaman zaman insanın hakkını araması da hoş her şeye rağmen. Hoşça kalın, canım, güvercinim, benim iyi yürekli tesellim! Geleceğim, kesinlikle geleceğim size, söz veriyorum bir tanem. Siz sıkılmayın bu arada. Kitap da getireceğim size. Hoşça kalın, Varenka.

İyiliğinizi canı gönülden dileyen,
Makar Devuşkin

20 Haziran

Saygıdeğer Beyefendi Makar Alekseyeviç,

Size kısa yazacağım, acele ediyorum, elimdeki işi bitirmem gerekiyor. Bakın şöyle bir durum var: İyi bir alışveriş yapabilirsiniz. Fedora bir tanıdığının yepyeni bir resmî redingot, iç çamaşırı, yelek ve gömlek sattığını söylüyor, fiyatı da çok ucuzmuş; siz alabilirsiniz. Zaten şimdi bir ihtiyacınız yok, paranız da var; öyle demiştiniz. Yeter artık, lütfen, cimrilik etmeyin; bunların hepsi gerekli şeyler. Bir baksanıza kendinize, ne kadar eski giysilerle geziyorsunuz. Ayıp! Hep yamalar içinde. Yeni bir şeyiniz yok; siz ne kadar var, diye ısrar etseniz de, olmadığını biliyorum. Sizin onu nereye verdiğinizi Tanrı bilir. Beni dinleyin, alın lütfen. Bunu benim için yapın; beni seviyorsanız, satın alın.

Bana hediye olarak iç çamaşırı göndermişsiniz; ama Makar Alekseyeviç, iflas edeceksiniz. Benim için harcadığınız para şaka gibi, çok fazla! Ah, saçıp savurmayı nasıl da seviyorsunuz! Benim ihtiyacım yok ki; bütün bunlar çok gereksiz. Beni sevdiğinizi biliyorum, eminim buna; doğrusu bunu bana hediyelerle hatırlatmanız gereksiz; onları sizden kabul etmem de zor oluyor; size neye mal olduğunu biliyorum. Son kez söylüyorum, yeter; duyuyor musunuz? Rica ediyorum, yalvarıyorum size. Makar Alekyeseviç, benden hatıralarımın devamını göndermemi istemişsiniz; onları bitirmemi istiyorsunuz. Bütün onları nasıl yazdığımı, ne yazdığımı bile bilmiyorum! Fakat artık yaşadıklarımı anlatmaya gücüm yetmiyor; onları düşünmek bile istemiyorum; bu hatıralar çok rahatsız ediyor beni. Zavallı çocuğunu bu canavarların eline bırakan zavallı anneciğimden bahsetmek beni perişan ediyor. Bir tek olayı hatırlamak bile kalbimi paramparça ediyor. Bütün bunlar o kadar yeni ki; bütün bunların üstünden bir yıldan fazla zaman geçmiş olsa bile, ne sakinleşebildim ne de kendimi toplayabildim. Ama siz her şeyi biliyorsunuz zaten.

Size artık Anna Fedorovna hakkında ne düşündüğümü anlatmıştım; beni nankörlükle suçluyor ve Bay Bıkov ile herhangi bir işbirliği yaptığını reddediyor! Beni yanına çağırıyor; dilenci olduğumu, kötü yola düştüğümü söylüyor. Eğer ona geri dönersem, Bay Bıkov'la yaşananları yoluna koyacağını ve onu bana karşı işlediği suçu kabul etmeye zorlayacağını söylüyor. Bay Bıkov'un bana çeyiz vermek istediğini söylüyor. Tanrı yolunu açık etsin onların! Ben burada sizinle, bana olan bağlılığıyla merhum dadımı hatırlatan iyi kalpli Fedora'mla mutluyum. Siz uzak bir akrabam olduğunuz halde beni adınızla koruyorsunuz. Ama onları tanımıyorum; yapabilsem unutacağım onları. Ne istiyorlar ki benden? Fedora bunların hep dedikodu olduğunu, sonunda beni rahat bırakacaklarını söylüyor. Tanrı'ya şükür!

V.D.

21 Haziran

Güvercinim benim, canım,

Yazmak istiyorum, ama nasıl başlayacağımı bilemiyorum. Bizim sizinle yaşadıklarımız zaten çok tuhaf, canım. Size söylüyorum, hiç böyle mutluluk yaşamamıştım. Tanrı bana bir ev ve bir aile verdi sanki! Siz kızımsınız benim, güzelim! Kalkmış size gönderdiğim dört çamaşırdan bahsediyorsunuz. Size onların lazım olduğunu da Fedora'dan öğrenmiştim. Canım, benim kişisel mutluluğum da sizi mutlu etmektir; beni bu mutluluğumdan alıkoymayınız, canım; ilişmeyin, engel olmayın bana. Başıma hiç böyle bir şey gelmemişti, canım. Artık dünyaya karıştım işte. Birincisi, iki kat yaşıyorum, çünkü bana yakın oturuyor ve coşkulandırıyorsunuz beni; ikincisi, bugün beni kiracılardan biri, komşum Ratazyayev, o edebî toplantıları yapan memur çaya davet etti. Bugün toplantı var; edebiyat okumaları yapacağız. İşte görüyor musunuz halimizi canım, işte! Neyse, hoşça kalın. Bütün bunları bir maksat olmadan, sırf sizi saadetimden haberdar etmek için yazdım. Bir tanem, Tereza'dan nakış için renkli ipliğe ihtiyacınız olduğunu söylemesini istemişsiniz; alırım, canım, ipek de alırım. Yarın bütün isteklerinizi karşılamayı umut ediyorum. Tanıdığım yerden alacağım. Ama şimdi kesmek zorundayım.

En içten dostunuz,
Makar Devuşkin

22 Haziran

Sevgili Hanımefendi, Varvara Alekseyevna,

Size, bir taneme, evimizde çok üzücü, gerçekten gerçekten üzülmeyi gerektiren bir olay yaşandığını bildireceğim! Bugün, sabahın beşinde, Gorşkov'un küçük çocuğu öldü. Neden olduğunu, kızıldan mı olduğunu bilmiyorum, ne olduğunu Tanrı bilir! Ziyarete gittim bu Gorşkov'ları. Canım, ne kadar yoksuldular! Üstelik nasıl bir dağınıklık! Şaşacak bir şey de yok; bütün aile bir odada yaşıyor, terbiye gereği paravanlarla bölmüşler. Tabutu da hazırlamışlar, basit ama çok güzel bir tabut; hazır almışlar, çocuk da dokuz yaşındaymış; çok umut vaat ediyordu, dediler. Onları seyretmek ne kadar üzücüydü, Varenka! Anne ağlamıyor, ama o kadar kederli, o kadar zavallı ki. Belki omuzlarından bir yük eksildiği için rahatlamış olabilirler; ama iki çocukları daha var, daha meme çağında bir çocukla altısına basmak üzere olan bir küçük kız. Bir çocuğun acı çektiğini görmek, hem de öz çocuğunun acı çektiğini görmek ama yardım edememek ne kadar tatsız bir durum! Baba eski püskü, yamalı bir ceket giymiş, kırık bir sandalyede oturuyor. Gözyaşları boşanıyor gözlerinden, belki de üzüntüden değil, alışkanlıktan gözleri dolduğu için ağlıyor. Çok acayip biri! Onunla konuşurken kıpkırmızı oluyor, ne söyleyeceğini, nasıl yanıt vereceğini bilemiyor. Küçük kız da tabuta yaslanmış duruyor, perişan, sıkıntılı, dalgın bir halde! Bir çocuğun dalgın dalgın düşünmesinden hoşlanmıyorum Varenka, canım; seyretmesi hoş değil! Yanında, yerde bir paçavra kukla duruyor –onunla oynamıyor; dudaklarına götürdüğü parmak titriyor; öylece duruyor– kıpırdamıyor. Ev sahibesi bir şeker verdi; çocuk aldı, ama yemedi. Kederli, değil mi, Varenka?

Makar Devuşkin

25 Haziran

Saygıdeğer Makar Alekseyeviç,

Size kitabı geri gönderiyorum. Aşırı kötü bir kitap bu! İnsanın eline almaması gerekir. Nereden buldunuz bu paha biçilmez şeyi? Şaka bir yana, gerçekten beğeniyor musunuz böyle kitapları Makar Alekseyeviç? Bana birkaç gün içinde okuyacak bir şeyler temin edeceklerini söylediler. Sizinle de paylaşırım isterseniz. Şimdilik hoşça kalın. Gerçekten, yazmaya vakit yok.

V.D.

26 Haziran

Sevgili Varenka,

İşin aslı, o kitabı okumamıştım, canım. Doğru, biraz bakınca insanları güldürmek için, komiklik olsun, diye yazılmış bir sürü şey olduğunu gördüm; niye olmasın, bence, gerçekten komik olabilir; belki Varenka'nın hoşuna gider, diyerek alıp size gönderdim.

Neyse, Ratazyayev okumak için bana hakikaten edebî bir şeyler vermeye söz verdi, o kitapları size de getiririm, canım. Ratazyayev bu işten anlıyor, işin uzmanı; kendisi de yazıyor, hem de nasıl yazıyor! Kalemi cesur ve üslubu engin; yani her sözcüğünde –ne olursa olsun– en boş, en sıradan, seviyesiz sözcüğünde, benim bazen Faldona ya da Tereza'ya söylediğim türden sözcüklerinde bile, kendine özgü bir üslup var. Onun akşam toplantılarına da katıldım. Biz tütün içiyoruz, o da bize okuyor, beş saat boyunca okuyor, öylece dinliyoruz. Edebiyat değil, tam bir ziyafet! Öyle çekici ki, renkler, sadece renkler; her sayfadan buket buket derleyebilir insan! Öyle nazik, iyi kalpli, kibar ki kendisi. Fakat onun karşısında ben neyim? Hiç. O şöhret sahibi bir insan, ya ben? Sadece – hayata gelmişim; ama o benimle konuşmaya lütfediyor. Onun için bir şeyleri temize çekiyorum. Ama Varenka, siz bunun bir marifet olduğunu, onun ben bunları temize çektiğim için bana hürmet ettiğini sanmayın. Dedikodulara inanmayın canım, alçakça dedikodulara inanmayın! Hayır, bunu kendi isteğimle, kendi irademle, onu hoşnut etmek için yapıyorum, o da beni hoşnut etmek için lütfediyor benimle konuşmaya. Bu davranışın zarafetini anlıyorum, canım. İyi kalpli, çok iyi kalpli bir insan ve benzersiz bir yazar.

Edebiyat da çok iyi bir şey, Varenka, çok iyi bir şey; bunu onlarda geçen üçüncü günümde anladım. Derin bir şey! İnsanların kalplerini güçlendiren, eğiten bir şey ve onların elindeki kitapta da bu konuda birçok şey yazılmış. Çok güzel yazılmış! Edebiyat bir tablo, yani bir tür tablo ve ayna; ifade tutkusu, ince bir eleştiri, edebe yönelik bir eğitim ve bir belge. Onlarda bütün bunları gördüm. Canım, size açıkça söylüyorum, aralarında oturup (ne yazık ki, onlar gibi pipo da içip) dinliyorum; ama onlar çeşitli konularda yarış eder gibi tartışmaya başladılar mı, o zaman tam anlamıyla susup kalıyorum, canım, sizle ben böyle ortamda hemen susup kalırız. O anda tam bir kütük gibi oluyorum, kendimden utanıyorum, bütün gece sağa sola bakınıyorum, genel bir konuya iki-üç sözcük katmak istiyorum, ama iki-üç sözcük bile çıkmıyor! Ve kendime acıyorum Varenka, böyle biri olmadığıma üzülüyorum; atasözünde dedikleri gibi, büyümüşüm, ama adam olamamışım. Zaten şimdi de boş vaktimde ne yapıyorum? Aptal aptal uyuyorum. Boş yere uyumak yerine iyi bir şeyle uğraşabilirdim; oturup yazı yazardım. Hem bana yararı olurdu, hem başkalarına. Canım, üstelik, ne kadar kazandıklarını bir görseniz, Tanrı affetsin onları! Misal, Ratazyayev, sizce ne kadar kazanıyor olabilir? Bir sayfa yazmak onun için ne ki? Her gün beş sayfa yazıyor, dediklerine göre de sayfa başına üç yüz ruble alıyor. Sayfaya bir anekdot ya da meraklı bir şey kondurdu mu, tamam, işte beş yüz, ister ver ister verme, sen bilirsin, istersen verme! Ama o bile değil, her seferinde binliği cebe indiriyoruz! Nasılmış, Varvara Alekseyevna! Ya! Adamın bir şiir defteri var, hem de kısa kısa şiirler; yedi bin, canım, yedi bin istiyor, düşünsenize. Bu da sabit mülk, kocaman bir bina demektir! Beş bin veren olmuş, diyorlar, ama vermemiş kitabı. Onu kandırmaya çalışıyorum, alın işte, cancağızım, beş bin alın onlardan sonra da tükürürsünüz suratlarına diyorum, sonuçta söz konusu para beş bin! Hayır, diyor, yedi verecek o düzenbazlar. Bu kadar açıkgöz, yani!

Canım, lafı uzatmayıp size *İtalyan Tutkuları*'ndan bir yer aktarayım. Eserine bu ismi vermiş. İşte okuyun Varenka, siz karar verin.

...Vladimir irkildi ve içindeki tutkular delice köpürdü, kanı alev alev oldu.

"Kontes!" diye bağırdı, "Kontes! Bunun ne korkunç

bir tutku olduğunu, bu deliliğin ne sınırsız olduğunu biliyor musunuz? Hayır, hayallerim beni kandırmadı! Seviyorum, seviyorum dizginsizce, çılgınca, delice! Kocanızın bütün kanı aksa bile benim ruhumun bu çılgın, kaynayan heyecanını söndüremez! Kül olmuş gönlümü yakıp kavuran cehennem ateşini hiçbir şey durduramaz. Ah Zinayda, Zinayda!.."

"Vladimir," diye fısıldadı kendini kaybeden Kontes ve omzuna yaslandı...

"Zinayda!" diye bağırdı coşku içindeki Smelski. Derin bir iç çekti. Aşk sunağındaki yangın parlak bir alevle canlandı ve talihsiz kurbanlarının göğsünü yaladı.

"Vladimir!" diye fısıldadı kendinden geçen Kontes. Göğsü inip inip kalkıyordu, yanakları kıpkırmızıydı, gözleri yanıyordu...

Yeni ve korkunç bir düğün gerçekleşti!

Yarım saat sonra yaşlı kont karısının odasına girdi.

"Bir tanem, saygıdeğer misafirine bir semaver hazırlanmasını emretmeyecek misin?" diye sordu karısının yanağından bir makas alarak.

İşte böyle, şimdi sorayım size canım, nasıl buldunuz? Doğrusu biraz açık saçık, buna diyecek yok, ama ona rağmen iyi. İyi olduğuna laf yok! Ama durun, izin verin size *Yermak ile Züleyha* hikâyesinden bir yer aktarayım.

Sibirya'nın vahşi ve ürkütücü savaşçısı olan Kazak önder Yermak'ın, esir aldığı Sibir Hanı Küçüm'ün kızı Züleyha'ya âşık olduğunu düşünün, canım. Anlamışsınızdır, bu olay tam Korkunç İvan zamanında geçiyor. Yermak ile Züleyha şöyle konuşuyorlar:

"Beni seviyorsun Züleyha! Ah, söyle, söyle!.."

"Seni seviyorum Yermak," diye fısıldadı Züleyha.

"Ey gökyüzü, ey yeryüzü, teşekkürler size! Mutluyum!.. Coşkun ruhumun gençlik çağından beri aradığı her şeyi, her şeyi verdiniz bana. Rehber yıldızım sen getirdin beni buraya; bak sen beni ne için getirmişsin buraya, ey Çobanyıldızı! Bütün dünyaya göstereceğim Züleyha'mı ve insanlar, o kudurmuş canavarlar cesaret edemeyecek beni suçlamaya! Ah, keşke onun zarif ruhunun bu gizli acılarını anlayabilselerdi, keşke benim Züleyha'mın tek bir gözyaşında bütün bir şiiri görebilselerdi! Ah, izin ver öpücüklerle kurutayım o gözyaşını, izin ver içeyim onu, bu ilahî... bu doğaüstü gözyaşını!"

"Yermak!" dedi Züleyha, "Dünya kötü, insanlar adaletsiz! Kovacaklar bizi, yargılayacaklar bizi sevgili Yermak'ım! Sibirya'nın karları arasında yetişmiş zavallı bir genç kız ne yapacak senin babanın yurdunda, sizin soğuk, dondurucu, ruhsuz, onurlu dünyanızda? İnsanlar istemeyecek beni, canımın içi, sevgilim benim!"

"O zaman Kazak kılıcı onları ikiye kesip ıslık çalacak havada!" diye haykırdı Yermak gözlerini devirerek.

Yaşlı kör Küçüm Han, bir gece karanlığından yararlanarak Yermak'ın çadırına süzülüyor; elinden asasını ve tacını alan Yermak'a ölümcül bir darbe indirmek isteğiyle kendi kızını bıçaklıyor. Şimdi Züleyha'nın bıçaklandığını öğrendiği zaman Yermak'ın ne yaptığına bakın, Varenka:

"Demiri taşta bilemeye bayılıyorum!" diye haykırdı Yermak vahşi bir azgınlıkla, Bulat bıçağını şaman taşına sürterken. "Bana kan lazım, kan! Kesip biçeceğim, kesip biçeceğim, kesip biçeceğim!!!"

Bütün bunların ardından, Züleyhasının ardından yaşamaya güç bulamayan Yermak, kendini İrtiş Irmağı'na atar ve böylece her şey sona erer.

Tabii, örneğin, küçük bir alıntı vereyim, şakacı bir anlatım tarzı var, kasten güldürmek üzere yazılmış:

> Bay İvan Prokofyeviç Jyoltopuz'u bilir misiniz? Bay Prokofi İvanoviç'i ayağından ısıran hani. Bay İvan Prokofyeviç sert karakterli bir insandır, ama buna rağmen nadir bulunan hayırseverlerdendir; buna karşılık, Bay Prokofi İvanoviç ballı turbu çok sever. İşte, Bayan Pelageya Antonovna'yla ahbaplık ettiği zamanlarda... Peki siz Bayan Pelageya Antonovna'yı tanır mısınız? Hani eteğini hep ters giyen hanımı.

Bu tabii mizah Varenka, saf mizah! Bunu bize okuduğu zaman gülmekten kırıldık. Böyledir işte o, Tanrı affetsin! Tabii bu yazı biraz matrak, fazlasıyla da yaramaz, canım, ama buna rağmen masum bir yazı, en küçük bir serbest fikir ve liberal düşünce yok içinde. Canım, Ratazyayev'in çok terbiyeli olduğunu ve bu yüzden de başka yazarlara benzemediğini, muhteşem bir yazar olduğunu söylemek lazım. Aslında, insanın aklına bazen böyle bir fikir gelir... Yani ben de bir şeyler yazsaydım, ne olacaktı o zaman? Varsayalım, durup dururken "Makar Devuşkin'in Şiirleri" diye bir kitap çıktı gün ışığına! Ne derdiniz o zaman meleğim? Bunu nasıl karşılardınız, ne düşünürdünüz? Kendi adıma şöyle söyleyeyim canım, ben kitabım çıktıktan sonra kalkıp Neva Bulvarı'nda görünmeye cesaret edemezdim. Orada herkes birdenbire, "İşte bir edebiyat eseri sahibi ve şair Devuşkin geliyor, işte bu gelen Devuşkin'in ta kendisi!" dese ne yapardım! Örneğin, çizmelerimi ne yapardım o zaman? Laf arasında söyleyeyim, canım, çizmelerim baştan aşağı yama kaplı, pençe kaplı, doğrusunu söylemek gerekirse, genellikle çok tatsız bir durumda oluyorlar. İşte o zaman, herkes edebiyatçı Devuşkin'in çizmelerinin pençe pençe olduğunu öğrenirdi!

Oradaki bir kontes, bir düşes bunu öğrenir öğrenmez kim bilir neler söylerdi? Belki de fark etmezdi bile; çünkü, tahminimce, kontesler çizmelerle ilgilenmez, hele memurların çizmeleriyle hiç ilgilenmez (sonuçta çizme var, çizme var), ama ona her şeyi anlatırlardı, onun arkadaşları beni görürlerdi. Hatta ilk olarak Ratazyayev görürdü; Kontes V.'ye gidip geliyor o; ona ne zaman istese gittiğini söylüyor. Çok tatlı olduğunu, edebiyattan anladığını, tam bir kadın olduğunu anlatıyor. Yapışkandır bu Razatyayev!

Evet, fakat, bu konuda bu kadar gevezelik yeter; zaten bütün bunları sizi eğlendirmek için, laf olsun diye yazıyorum meleğim. Hoşça kalın, güvercinim! Burada bir sürü şey karaladım size, ama sırf bugün çok neşeli bir ruh halinde olduğum için yaptım bunu. Bugün hep birlikte Ratazyayev'de yemek yedik, derken (insanı kandırıyorlar, canım!) kaliteli bir şarap çıkardılar... Bunu size ne diye yazdım! Lütfen benim hakkımda yanlış bir şey düşünmeyin Varenka. Bütün bunlar öylesine şeyler. Kitap göndereceğim, hemen göndereceğim... Burada elime Paul de Kock'un[1] bir eseri geçti, ama Paul de Kock size göre değil canım, asla olamaz... Yo-yo! Size göre olamaz Paul de Kock. Canım, Petersburglu eleştirmenlerin hepsinde soylu bir hoşnutsuzluk uyandırdığını söylüyorlar onun. Size bir kutucuk şeker yolluyorum, sadece sizin için aldım. Ama bonbon şekerini kemirmeyin, onu emin, yoksa dişleriniz ağrır. Ama siz belki de meyve şekerlemesi seviyorsunuzdur; yazın bunu. Neyse, hoşça kalın, hoşça kalın. İsa sizinle olsun, güvercinim.

Sonsuza dek sadık dostunuz,
Makar Devuşkin

1. Charles-Paul de Kock (1793-1871): Paris'teki yaşamı yansıtan pornografik romanları o dönemde Avrupa'da ilgiyle okunan Fransız yazar. (Y.N.)

27 Haziran

Sevgili Beyefendi Makar Alekseyeviç,

Fedora eğer istersem bazı kimselerin bana yardımcı olmaktan mutluluk duyacağını ve bana bir evde, mürebbiye olarak çok daha iyi bir yer bulabileceğini söylüyor. Ne dersiniz, dostum – gitsem mi, gitmesem mi? Elbette, o zaman size yük olmayacağım ve yer de, herhalde, uygun bir yer olacak; ama, diğer yandan, yabancı bir eve gitmek biraz zor bir şey. Toprak sahibiymişler. Benim hakkımda bilgi almaya, soru sormaya, merak etmeye başlayacaklar; ne söyleyeceğim o zaman? Ben hep böyle ürkek, yabani biriyim; alıştığım bir yerde uzun süre yaşamayı severim. İnsanın alıştığı yer iyidir; acıyla yaşasan da, her şeye rağmen daha iyidir. Kim bir yerden gitmek ister; Tanrı bilir ne işler çıkacağını; belki, sadece çocuklara dadılık yaptırırlar. Bu insanlar böyle: İki yılda üç mürebbiye değiştirmişler.

Tanrı aşkına, ne tavsiye edersiniz Makar Alekseyeviç, gitmeli mi, gitmemeli mi? Siz neden hiç gelmiyorsunuz bana? Nadiren yüz yüze geliyoruz. Neredeyse sadece pazarları ayinde görüşüyoruz. Ne kadar ürkeksiniz böyle! Tıpkı benim gibisiniz! Fakat akrabanız sayılırım. Siz beni sevmiyorsunuz Makar Alekseyeviç, ben bazen çok kederleniyorum. Bazen, özellikle de hava kararınca, tek başıma otururken, Fedora bir yere gitmişken. Oturuyorum, düşünüyorum, düşünüyorum –eskiden olan her şeyi, mutlu olanları, kederli olanları– hepsi geçiyor gözlerimin önünden, hepsi sislerin arasındaymış gibi yanıp sönüyor. Tanıdık yüzler beliriyor (sanki uyanıkken rüya görmeye başlıyorum) – annemi görüyorum en çok... Ne rüyalar görüyorum böyle!

Sağlığımın bozulduğunu hissediyorum; güçsüzleştim; işte bugün, sabahleyin yataktan kalkınca, bir fena oldum; üstelik, öyle kötü bir öksürük var ki bende! Yakında öleceğimi hissediyorum. Beni kim gömecek? Kim tabutumun peşinden gelecek? Kim benim için üzülecek?.. Ve işte, belki de, yabancı bir yerde, yabancı bir evde, yabancı bir köşede öleceğim!.. Tanrım, yaşamak ne kederli şey, Makar Alekseyeviç! Dostum, ne diye beni hep şekerle besliyorsunuz? Doğrusu, ben parayı nereden bulduğunuzu anlamıyorum? Ah, dostum, saklayın paranızı, Tanrı aşkına, saklayın onları. Fedora benim ördüğüm halıyı satıyor; elli ruble veriyorlar. Çok iyi bu; ben daha az verirler sanıyordum. Fedora'ya üç ruble vereceğim, kendime de sade, daha sıcak tutan bir elbise dikeceğim. Size yelek yapacağım, ben yapacağım ve iyi malzeme seçeceğim.

Fedora bana bir kitap getirdi – *Biyelkin'in Hikâyeleri*[1], okumak isterseniz size de göndereyim. Lütfen, kirletmeyin, kıvırmayın: Başkasının kitabı; Puşkin'in bir eseri bu. Bundan iki yıl önce bu hikâyeleri annemle birlikte okumuştuk, şimdi onları yeniden okumak beni kederlendiriyor. Eğer sizde de kitap varsa gönderin bana, tabii Ratazyayev'den almadıysanız. Herhalde, eğer bir şey yayımladıysa, kendi eserlerini verecektir o. Onun eserlerini nasıl sevebiliyorsunuz Makar Alekseyeviç? Bu boş... neyse, hoşça kalın! Çok gevezelik ettim! Kederlendiğim zaman, mutluymuş gibi ondan bundan gevezelik ediyorum. İlaç bu; hemen ferahlıyorum, hele kalbimde yatan her şeyi söyleyebilirsem, iyice ferahlıyorum. Hoşça kalın, hoşça kalın dostum!

Sizin olan,
V.D.

1. *Biyelkin'in Hikâyeleri* 1831, 1834 ve 1838'de olmak üzere üç baskı yapmıştı. (Y.N.)

28 Haziran

Canım, Varvara Alekseyevna,

Yeter kendinize eziyet ettiğiniz! Nasıl ayıp gelmiyor bu size! Yeter ama, meleğim; böyle fikirler nereden geliyor aklınıza? Hasta değilsiniz bir tanem, hiç hasta değilsiniz; çiçek açıyorsunuz, gerçekten çiçek açıyorsunuz; biraz soldunuz, ama yine de çiçek açıyorsunuz. Peki o rüyalar, hayaller ne öyle! Ayıp ama güvercinim, yeter; bırakın bu rüyaları, öylece bırakın. Neden ben iyi uyuyorum? Yapacak bir işim niye yok? Bana baksanıza, canım. Böyle yaşıyorum, rahat uyuyorum, sağlığım iyi, dipdiriyim, gören bir daha bakıyor. Yeter, yeter,bir tanem, ayıp. Kendinize gelin. Sizin kafanızın içini biliyorum zaten, canım, bir şey buldunuz mu onu hayal edip ona üzülüp durursunuz siz. Birinin yanına girmek mi? Asla! Hayır, hayır, hayır! Neler düşünüyorsunuz böyle, nereden çıkıyor bu? Bir de üstelik taşraya! Asla olmaz, canım, izin vermem, bu niyetinize karşı bütün silahlarımı kuşanırım. Eski frağımı satar, sokakta gömlekle dolaşırım, sırf siz ihtiyaç içinde olmayın diye. Hayır, Varenka, hayır; sizi tanıyorum artık! Zırva bunlar, sırf zırva! Ama herhalde, tabii, bundan hep Fedora suçlu; anlaşılan o aptal kocakarı size akıllar vermiş. Ama canım, siz inanmayın ona. Yani bunu hâlâ anlayamadınız mı birtanem?.. Aptal, şirret, huysuz bir kocakarı o; merhum kocasını da dünyadan o göçürttü. Yoksa sizi bir şekilde gücendirdi mi? Hayır, hayır, canım, olmaz! Ben ne yapacağım o zaman, benim yapacak neyim kalacak? Hayır, Varenka, bir tanem, siz bunu kafanızdan çıkarın. Bizim neyimiz eksik? Sizsiz biz mutlu olamayız, siz bizi seviyorsunuz, bu sayede kendimle barışık yaşıyorum; ister dikiş yapın ister kitap okuyun, ama dikiş yapmayı bırakmayın, fark etmez, yeter ki bizimle yaşayın. Bir de düşünsenize, orası kim bilir neye benzer?.. Size kitap getireceğim, sonra yine bir yere gitmek için buluşacağız. Yeter ki siz durun, canım, durun, aklınızı başınıza toplayın ve boş yere kaygılanmayın! Size geleceğim, hem de çok yakında, ama siz de benim doğrudan ve açık çağrımı kabul edeceksiniz; iyi değil, bir tanem, hiç iyi değil! Ben, elbette, eğitimsiz bir insanım ve eğitimsiz olduğumu, kötü bir okula gittiğimi biliyorum, bu yüzden dilim iyi değildir, benim işim de değil, ama Ratazyayev'i savunacağım, izninizle. Benim dostum, bu yüzden onu savunacağım. İyi yazıyor, çok, çok ve yine çok iyi yazıyor. Söylediğinizi kabul etmiyorum ve asla da etmeyeceğim. Renkli, kesik kesik, figürlerle yazmış, türlü fikirleri var; çok iyi! Siz, belki de, duygu katmadan okudunuz Varenka ya da okurken keyfiniz yoktu, Fedora'ya bir şey için kızmıştınız ya da tatsız bir hal vardı üzerinizde. Hayır, bir daha duyguyla okuyun, daha iyi olacak, hoşnut ve neşeliyken, hoş bir ruh hali içindeyken, sözgelimi, ağzınızda bir şekeri emerken, işte o zaman okuyun. Tartışmıyorum (kim karşı çıkabilir), Ratazyayev'den iyi yazarlar var, hatta çok iyileri var, ama onlar da iyi, Ratazyayev de iyi; iyi yazıyor ve iyi yazacak. Kendine has biri, kendince yazıyor ve böyle yaparak çok iyi yapıyor. Ama, elveda canım; daha fazla yazamayacağım; acele etmem lazım, iş var. Baksanıza anacığım, tatlı sevdiğim, sakin olun ve Tanrı ne olacağını belirlesin, şimdi kesiyorum.

Sadık dostunuz,
Makar Devuşkin

Hamiş: Kitap için sağ olun canım benim, Puşkin'i de okuyalım; bugün değil, yarın gece, dosdoğru size geleceğim.

Temmuz

1 Temmuz

Aziz Makar Alekseyeviç,

Hayır, dostum, hayır aranızda yaşamam imkânsız. Uzun uzun düşündüm ve böyle uygun bir işi geri çevirmenin çok yanlış olacağına karar verdim. Orada benim için en azından bir lokma ekmek geleceğinden emin olacağım; çalışıp çabalayacak, yabancı insanların şefkatini kazanmaya çalışacağım, hatta öylesi uygun olacaksa kendi karakterimi değiştirmeye çalışacağım. Yabancılar arasında yaşamak, yabancı bir merhamet aramak, kendini gizlemek ve zorlamak zor ve ağır bir şey olacak elbette, Tanrı yardımcım olsun. Sonsuza dek kimsesiz kalamam. Başımdan böyle olaylar geçmişti. Hatırlıyorum, daha küçük bir çocukken yatılı okula gidip gelirdim. Pazar günleri evde bütün gün hoplayıp sıçrardım, her seferinde de kızardı annem, gücenmezdim; kalbimde her şey iyi, ruhumda her şey aydınlık olurdu. Akşam olurdu ve ölümcül bir keder çökerdi içime, saat dokuzda yatılı okula gitmem gerekirdi, orada da her şey yabancı, soğuk, katı olurdu, mürebbiyeler pazartesi günleri çok acımasız olurdu, kalbim kırılırdı, ağlamak isterdim; bir köşeye geçerdim, tek başıma yapayalnız ağlardım, gözyaşlarımı saklardım, bana tembel derlerdi; ama asla bu yüzden, okumak zorunda olduğum için ağlamazdım. Peki ne oldu? Alıştım ve sonra, yatılı okuldan çıktığım zaman, arkadaşlarımla vedalaşırken yine ağladım. Sizin ikinize yük olarak yaşamakla iyi bir şey yapmıyorum. Bu düşünce bana azap veriyor. Size bütün bunları açıkça söylüyorum, çünkü size karşı açık olmaya alıştım. Sanki görmüyor muyum Fedora'nın nasıl her sabah erkenden kalktığını, çamaşır yıkamaya başlayıp gece geç vakitlere kadar çalıştığını. Oysa yaşlı kemiklere lazım olan şey huzurdur. Sanki görmüyor muyum sizin benim için varınızı yoğunuzu harcadığınızı, bir kenara ayırdığınız son kopeğinize kadar hepsini benim için harcadığınızı. Sizin servetinizle olmaz, dostum. Her şeyinizi vereceğinizi, beni darda bırakmayacağınızı yazıyorsunuz. İnanıyorum dostum, iyi kalbinize inanıyorum; ama siz de şimdi böyle söylüyorsunuz. Şimdi elinizde beklenmedik paralar var, ikramiye aldınız; ama sonra ne olacak, sonra? Siz de biliyorsunuz, ben hep hastayımdır; ben sizin gibi çalışamam, oysa çok isterdi ruhum, hem iş de bulunmaz hep. Ne yapacağım öyleyse? Üzüntüyle mücadele etmek, gönülden sevdiğim ikinize bakmak. Küçücük bile olsa size nasıl yararlı olabilirim? Üstelik ben sizin için neden böyle vazgeçilmezim, dostum? Ben sizin için iyi ne yaptım? Tek yaptığım bütün ruhumla size bağlanmak oldu, sizi sağlam, güçlü bir şekilde, bütün kalbimle sevmek oldu, ama –makus talihim!– sevme yeteneğim var ve sevebiliyorum, ama iyilik yapamam, iyiliklerinizin karşılığını size ödeyemem. Beni daha fazla dizginlemeyin, düşünün ve son görüşünüzü söyleyin. Yanıt bekleyerek burada kesiyorum.

Sizi seven,
V.D.

1 Temmuz

Zırva, zırva Varenka, sadece zırva! Sizi öylece bıraksak o küçük kafanızla neler neler uyduracaksınız. O öyleymiş de bu da böyleymiş de! Ben artık iyice görüyorum bütün bunların heves olduğunu. Bizim neyimiz yetmiyor size, canım, siz onu söyleyin! Sizi seviyoruz, siz bizi seviyorsunuz, hepimiz hoşnutuz, mutluyuz... daha ne olsun? Hem, yabancı insanların arasında ne yapacaksınız? Siz herhalde daha bilmiyorsunuz yabancının ne demek olduğunu?.. Hayır, izin verirseniz ben anlatayım size yabancının ne demek olduğunu. Onu tanıyorum, canım, ben çok iyi tanıyorum; onun ekmeğini yedim ben. Kötüdür o, Varenka, kötüdür, hem de öyle kötüdür ki sizin küçük kalbiniz katlanamaz, sitemle, yakınmayla ve bakışlarıyla kötülük saçar. Siz şimdi sıcaktasınız, iyisiniz, yuvanızda gibisiniz. Bizi de başsız bırakırsınız siz. Biz sizsiz ne yaparız; benim gibi bir ihtiyar ne yapar o zaman? Siz bize lazım değil misiniz? Yararlı değil misiniz? Nasıl değilsiniz? Hayır, canım, kendi kıymetinizi bilin, nasıl yararlı değilsiniz? Bana çok yararlısınız, Varenka. Benim üzerimde çok hayırlı bir etkiniz var... Misal, şimdi sizi düşünüyorum, neşeleniyorum... Size ne zaman mektup yazıp içine duygularımı koysam, sizden ayrıntılı bir yanıt alıyorum. Size giyecek bir şeyler alıyorum, şapka yaptırdım; sizden ara sıra siparişler geliyor, siparişi de hemen... Hayır, nasıl yararsız olursunuz? Yani ben tek başıma ihtiyarlıkta ne yapacağım, neye güveneceğim? Siz, belki de düşünmemişsinizdir bunu, Varenka; hayır, siz kesinlikle bunu düşünmediniz mi, yani o bensiz ne yapacak demediniz mi? Ben size alıştım, canımın içi. Ne olacak bu? Neva Irmağı'na gider, hayatıma son veririm. Evet, gerçekten, böyle olur Varenka; ben sizsiz ne yaparım! Ah, bir tanem, Varenka! Anlaşılan siz beni bir arabaya yükleyip Volkovo Mezarlığı'na götürmelerini istiyorsunuz; orada yoksul bir ihtiyar benim mezarımı kazsın; üzerime kum atsınlar, gitsinler, orada tek başıma kalayım istiyorsunuz. Günahtır, günahtır, canım! Gerçekten, günahtır, Tanrı aşkına, günahtır! Size kitabınızı gönderiyorum, küçük dostum benim, Varenka, eğer siz, küçük dostum, kitabınız hakkındaki görüşümü soracak olursanız, hayatım boyunca böyle harika bir kitap okumadığımı söyleyeceğim. Soruyorum size canım, bu vakte dek nasıl bir budala gibi yaşamışım ben, Tanrı affetsin? Ne yapmışım? Hangi ormandan gelmişim? Hiçbir şey bilmiyormuşum, canım, hemen hiçbir şey bilmiyormuşum! Kesinlikle hiçbir şey bilmiyormuşum! Varenka, size açıkça söylüyorum, eğitimsiz biriyim ben; bu vakte dek çok az şey okudum, çok az okudum, neredeyse hiçbir şey: "İnsanın Hali"[1], bilgi dolu bir eserdi, okudum; "Çanlarla Türlü Şakalar Yapan Çocuk"[2] ile "İbykos'un Turnaları"nı[3] okudum – işte hepsi bu, başka da bir şey okumadım. Şimdi burada, verdiğiniz kitaptaki "Menzil Müfetişi"ni[4] de okudum; size şunu söyleyeyim, canım, insan yaşayıp gidiyor, ama hemen yanında böyle bir kitabın varlığını, bütün hayatının içine ilmek ilmek işlendiği bir kitabın varlığını bilmiyor. Daha önce hiç fark etmediğim şey, işte burada, daha kitabı okumaya başlar başlamaz karşısına çıkıyor insanın, yavaş yavaş hatırlıyor, düşünüyor, anlıyor insan. Dahası, işte şu yüzden sevdim

1. Rus öğretmen, filozof, şair Aleksandr Galiç'in 1834'te yayımlanan bir felsefe kitabı (*Kartina Çeloveka*). Psikolog ve filozof olan Galiç, Puşkin'in okuduğu lisede Latince, tarih ve mantık öğretmeniydi. (Y.N.)

2. François Guillaume Ducray-Duminil'in (1761-1819) *Le Petit Carrillonneur* (Küçük Zangoç, 1809) adlı kitabı kastediliyor. (Y.N.)

3. Friedrich Schiller'in 1797 tarihli "Die Kraniche des Ibykus" adlı şiirini Rus şair Jukovski 1813 yılında çevirmişti. (Y.N.)

4. *Biyelkin'in Hikâyeleri*'nde yer alan bir öykü. (Y.N.)

sizin kitabınızı: İçinde her şey olan, başka bir eseri, okuyorsun okuyorsun, kendini zorluyorsun zorluyorsun; fakat ne kadar kurnaz olursan ol, anlamıyorsun. Sözgelimi, ben, kütük gibiyim, doğuştan kütük gibiyim, hatta çok önemli eserleri okuyamam; ama bunu okudum, sanki kendim yazmışım gibi, sanki bu, misal olarak söylüyorum, benim kendi gönlümden çıkmış gibi, gönlümde ne varsa almış, insanı ters yüz etmiş, oturup ince ince her ayrıntısıyla yazmış, kesinlikle böyle olmuş! Tanrım, kolay da bir iş değil bu; vay vay! Gerçekten, ben bile yazabilirdim bunu; neden yazmamışım? Sonuçta aynı hissediyorum, kesinlikle tam kitapta yazdığı gibi hissediyorum, tam olarak aynı durumdayım üstelik, misal olarak söylüyorum, hikâyedeki zavallı Samson Vırin gibiyim. Kim bilir kaç Samson Vırin dolaşıyor aramızda, yaralı yüreğiyle! Üstelik nasıl rahat yazmış her şeyi! O günahkârın içmeye başladığını, hafızasını kaybettiğini, acı çekip koyun derisi gocuğuyla bütün gün kafayı çektiğini, bir yandan lıkır lıkır içtiğini, bir yandan acı acı ağladığını, kayıp koyununu, kızı Dunyaşa'yı hatırladıkça da gocuğun çamurlu eteğiyle gözlerini sildiğini okuyunca az kalsın ağlıyordum, canım! Üstelik, çok doğal! Okuyunca görürsünüz; çok doğal! Canlı gibi! Ben bunu gördüm, çevremde yaşayan her şey var burada; işte Tereza –uzağa gitmeye gerek yok!– işte bizim yoksul memur – sonuçta o, belki de, aynen Samson Vırin, sadece kötü bir soyadı var, Gorşkov. Olay ortak, canım, sizin de benim de başımıza gelebilir. Neva Bulvarı'nda ya da rıhtımda yaşayan o kont, o da aynı şeyi yaşayabilir, ama sadece başka türlü görünür, çünkü onun da her şeyi kendine göredir, yüksek üslupladır, ama o da aynıdır, her şey gelebilir başına, benim de başıma aynı şey gelebilir. İşte böyle, canım, bir de siz sizden uzaklaşmak istiyorsunuz; günahtır, Varenka, bir şey olabilir bana. Hem kendinizi hem beni mahvedebilirsiniz, canımın içi. Ah, yavru kuşumsunuz benim, Tanrı aşkına, kafanızdan atın bu hastalıklı fikirleri ve beni boş yere yıpratmayın. Siz benim sıska, tüysüz yavru kuşumsunuz, nerede kendi kendinizi besleyeceksiniz, ölümden, kötülüklerden kendinizi nasıl koruyacaksınız! Yeter, Varenka, kendinize gelin; saçma öğüt ve iftiralara kulak asmayın, kitabınızı da bir kez daha okuyun; dikkatle okuyun; bu sizin yararınıza olacak.

Ratazyayev'le "Menzil Müfettişi" hakkında konuştum. Bana bütün bunların eskidiğini ve artık resimli, içinde çeşitli tasvirler olan kitapların çıktığını söyledi; doğrusu, bu dediklerini çok iyi anlayamadım.[1] Sonunda Puşkin'in iyi olduğunu ve kutsal Rusya'yı övdüğünü söyledi ve onun hakkında daha bir sürü şey anlattı bana. Evet, çok iyi, Varenka, çok iyi; kitabı bir kez daha dikkatle okuyun, öğüdümü dinleyin ve bana, bu ihtiyara kulak verirseniz, sevindirirsiniz. O zaman Tanrı sizi ödüllendirir, canımın içi, hemen ödüllendirir.

Samimi dostunuz,
Makar Devuşkin

6 Temmuz

Sevgili Beyefendi Makar Alekseyeviç,

Fedora bugün bana on beş gümüş ruble getirdi. Zavallıcık, ona üç ruble verince nasıl mutlu oldu! Size acele yazıyorum. Şimdi sizin için bir yeleklik kumaş kesiyorum –çok çekici bir malzemeden– çiçekli, sarı kumaştan.

Size bir kitap gönderiyorum; içinde çeşitli hikâyeler

1. O dönemde Rusya'da fizyolojik özelliklerin öne çıkarıldığı, natüralist bir tarz yaygınlaşmıştı. (Y.N.)

8 Temmuz

Sevgili Hanımefendim, Varvara Alekseyevna,

Bana bu ayın 6'sında gönderdiğiniz kitabı size gönderiyorum ve bu arada bu mektupla size bir açıklama yapmak istiyorum. Beni böyle bir aşırılığa zorlamanız kötü oldu, kötü oldu canım. Lütfen, canım; insanın payına düşen her olay yücelerde belirlenir. Birine general apoleti verilir, diğerinin dokuzuncu dereceden memur olması gerekir; böyle emredilmiştir ve buna ses çıkarmadan ve korkarak itaat etmek gerekir. Bunun hesabı hep insanın yeteneklerine göre yapılmıştır; bazısı bir şeye yeteneklidir, bir başkası başka bir şeye, bu yetenekleri de Tanrı verir. Yaklaşık otuz yıldır memurluk yapıyorum; kusursuz hizmet ediyorum, özenli davranıyorum, kuralları asla çiğnemem. Bir yurttaş olarak kendimi, kendine has kusurları olan, ama iyilikleri de olan biri sayıyorum. Amirlerime saygı gösteriyorum ve Majesteleri de benden hoşnut; bu vakte dek bana özel bir hürmet göstermediler, ama hoşnut olduklarını biliyorum. Saçlarımı ağartıncaya dek yaşadım; işlediğim büyük bir günah bilmiyorum. Elbette, kimin küçük günahları yoktur? Herkes günahkâr, hatta siz bile günahkârsınız, canım! Ama büyük suçlar ve küstahlıklar sergilediğim, ters birtakım davranışlarım ya da toplumsal huzuru bozduğum görülmedi asla, böyle bir şey hiç olmadı; hatta madalya alacaktım ama neyse! Bütün bunları sizin vicdanen biliyor olmanız gerekirdi, canım, o adamın da bilmesi gerekirdi; biri bir şey anlatmaya kalkıyorsa, her şeyi bilmesi gerekir. Hayır, bunu hiç beklemezdim sizden, canım; hayır Varenka! Sizden böyle bir şeyi asla beklemezdim.

Nasıl olur! Bundan böyle insanın sakin sakin yaşaması, kendi köşesinde durması imkânsız –sakin olmasına imkân yok– suya sabuna dokunmadan, hiç kaygılanmadan deyiminde olduğu gibi, Tanrı korkusu taşıyıp kendini bilerek, kimse rahatsız etmeden, kulübene girmesinler ve etrafı yoklamasınlar diye umut ederek yaşamaya imkân yok; yani kendi evinde olduğun gibi yaşayamayacaksın, hep bilecekler, sözgelimi üzerindeki yelek iyi mi, üzerine oturuyor mu, iç çamaşırın var mı; çizmelerin var mı, tabanları neyle kaplı; ne yersin, ne içersin, ne yazıp duruyorsun? Peki ama bu ne demek canım; istersem kaldırımın ıslak olduğu yerden, belki bir kere de çıplak ayakla, çizmelerimi elime alıp geçiyorumdur! Kötü olan şeyleri ne diye yazmalı, her seferinde birinin neye ihtiyacı olduğunu, çay içip içmediğini neden yazıyor? Sanki herkesin de durmadan çay içmesi lazım gibi! Acaba ben herkesin ağzına bakıp kaç lokma yuttuğunu öğrenmeye çalışıyor muyum? Kimi gücendirdim böyle bir şey yaparak? Hayır, canım, insan kendisini rahatsız etmeyen birilerini neden gücendirsin! İşte size örnek, Varvara Alekseyevna, bakın bu ne demek: ateşle, gayretle, samimiyetle çalışıp çabalıyorsun –ne için!– amirlerin de sana saygı duyuyor (belli etmeseler bile, her şeye rağmen, saygı duyarlar). Ve işte hemen burnunun dibindeki biri, hiç sebepsiz yere, ne ondan ne bundan, seninle şamata geçiyor. Elbette, doğru, bazen sen de yeni bir şey alınca mutlu oluyor, uyumuyorsun, çizmelerin yeni, sözgelimi büyük bir keyifle giyinmişsin; bu doğru, bunu hissettim, çünkü insanın kendi ayağını incecik ipek çizmenin içinde görmesi bambaşka bir şey oluyor, bu kısmı doğru anlatılmış! Ama yine de Fedor Fedoroviç'in böyle bir kitaba hiç dikkat etmeden nasıl izin verdiğine ve kendini sağlama almadığına hayret ediyorum. Doğru, kendisi daha genç bir idareci ve hemen bağırıp çağırmayı seviyor; ama nasıl bağırıp çağırmasın? Nasıl azarlamasın eğer kardeşimizi azarlamak gerekiyorsa. Varsayalım, şöyle, sözgelimi, hava olsun diye azarlayanlar vardır – hava için de yapılabilir;

renince yani, bütün bunları öğrenince, çok acı verici, hiç yaşamadığım bir durumda kaldım, bunları nasıl karşılayacağımı ve bu konuda ne düşüneceğimi hiç bilmiyorum. Ah Makar Alekseyeviç! Bana acıyarak ve akraba sevgisine dayanarak yaptığınız ilk iyiliklerden öteye geçmemeliydiniz, ayrıca paranızı boş yere savurmamalıydınız. Siz dostluğumuza ihanet ettiniz, Makar Alekseyeviç, çünkü bana karşı açık olmadınız ve şimdi, sizin bana hediye ettiğiniz giysileri, şekerleri, gezileri, tiyatroları ve kitapları görünce, bütün bunların bedelini şimdi kendi bağışlanması imkânsız havailiğime üzülerek pahalıya ödüyorum (çünkü ben sizin için hiç kaygı duymadan kabul ettim hepsini); ve sizin benim mutluluğum için vermek istediğiniz her şey, benim için bir kedere dönüştü ve yararsız bir üzüntüden başka bir şey bırakmadı bende. Son zamanlarda sıkıntılı olduğunuzu fark etmiştim, kendim de sıkıntıyla bir şeyleri bekliyordum, ama bu olup biteni aklım almadı.

Nasıl olur! Nasıl ruhen bu kadar düşebilirsiniz, Makar Alekseyeviç! Ama şimdi sizin hakkınızda ne düşünürler, ne der hakkınızda sizi tanıyan herkes? Ruhunun iyiliği, alçakgönüllülüğü ve sağduyusu yüzünden benim ve herkesin saygı duyduğu kişi, siz, siz şimdi birdenbire iğrenç bir durumun, anlaşılan daha önce hiç yaşamadığınız bir kötülüğün içine düştünüz. Fedora bana sizi sokakta sarhoş bulduklarını ve evinize polis tarafından getirildiğinizi anlatınca ne hale geldim, bilemezsiniz! Hayretten donakaldım, oysa sıra dışı bir şeyler olmasını bekliyordum, çünkü dört gündür yoktunuz ortalıkta. Ama hiç amirlerinizin size ne diyeceğini düşündünüz mü Makar Alekseyeviç, ortadan kaybolmanızın gerçek sebebini öğrendikleri zaman ne diyecekler? Size herkesin güldüğünü söylüyorsunuz; herkesin ilişkimizi öğrendiğini ve komşularınız arasındaki alaylı şakalarda adımın geçtiğini söylüyorsunuz. Aldırmayın buna, Makar Alekseyeviç ve Tanrı aşkına, sakin olun. Sizin bu subaylarla yaşadıklarınız beni ürkütüyor; karanlık şeyler duydum olay hakkında.

Anlatsanıza bana, bütün bunların manası nedir? Bana açılmaya korktuğunuzu yazmışsınız, dostluğumu kaybetmekten korktuğunuzu, çaresiz olduğunuzu, hastalığımda bana nasıl yardım edeceğinizi bilemediğinizi, bana destek olmak ve hastaneye düşmeme izin vermemek için her şeyi sattığınızı, borçlanabileceğiniz kadar borçlandığınızı ve her gün ev sahibesiyle tatsızlık yaşadığınızı yazmışsınız, iyi de bütün bunları benden saklayarak daha da kötü bir iş yapmışsınız. Ama zaten artık her şeyi öğrendim. Sizin bu talihsiz durumunuzun sebebinin ben olduğumu öğrenmemi engellediniz, ama şimdi bu davranışlarınızla beni iki kat daha çok acıya sürüklediniz. Bütün bunlar etkiledi beni Makar Alekseyeviç. Ah, dostum! Mutsuzluk bulaşıcı bir hastalıktır. Mutsuz ile yoksulun birbirinden uzak durması lazım, birbirlerine bulaştırmamak için. Daha önce mütevazı ve sakin hayatınızda hiç yaşamadığınız türden mutsuzluklar yaşattım size. Bütün bunlar eziyor ve yıpratıyor beni.

Bana şimdi her şeyi, başınıza ne geldiğini ve böyle davranmaya nasıl karar verdiğinizi açık açık yazın. Sakinleştirin beni, mümkünse. Sizden bu huzuru talep etmemi sağlayan şey onurum değil, size karşı duyduğum, kalbimden hiç silinmeyecek olan dostluğum ve sevgim. Hoşça kalın. Sabırsızlıkla yanıtınızı bekliyorum. Siz beni yanlış tanımışsınız, Makar Alekseyeviç.

Sizi yürekten seven,
Varvara Dobroselova

haldeydim. Sizden gizledim, evden de gizledim, ama ev sahibem bağırıp çağırıyordu. Ona aldırmazdım. Uğursuz kocakarı isterse bağırıp dursun, ama hem ayıp, hem de, o, Tanrı bilir nasıl, ilişkimizi öğrenmiş ve bütün eve bunu anlatıp duruyordu, ne yapacağımı bilemeyip kulaklarımı tıkadım. Aslında, diğerlerinin de kulaklarını tıkaması gerekirdi, ama tersine, daha da açtılar onları. Canım, artık nereye gideceğimi hiç bilmiyorum...

Ve işte, meleğim, bütün bunlar, bütün bu felaketlerin döküntüsü beni perişan etti sonunda. Birdenbire tuhaf şeyler duydum Fedora'dan, aşağılık bir meraklının sizin evinize geldiğini ve sizi değersiz bir teklifle incittiğini duydum; sizi incittiğini, çok fazla incittiğini, kendi kendime değerlendiriyorum, canım, çünkü ben de derinden incindim. Böylece ben, siz benim meleğimsiniz, sarsıldım, kendimi kaybettim ve tamamıyla perişan oldum. Ben, dostum, Varenka, duyulmamış bir delilikle fırladım dışarı, ona, o günahkâra gitmek istedim; ne yapmak istediğimi hiç bilmiyordum, çünkü, meleğim, sizi gücendirmelerini istemiyordum! Fakat, kederlenmiştim!

Tam o sırada yağmur bastırdı, ıslandım, sırılsıklam oldum!.. Geri dönmek istedim... O sırada da yere yuvarlandım, canım. Emelyan'la karşılaştım, Emelyan İliç'le, memurdur kendisi, yani memurdu, artık memur değil, çünkü işten çıkarıldı. Artık ne yapıyor onu da bilmiyordum, bir şekilde geçinip gidiyordu; işte onunla karşılaştık. Bu arada – ne dersiniz Varenka, eğlenceli mi talihsiz dostunuz hakkında bir şeyler okumak, yaşadığı talihsizliği ve kandırılıp azap çekmesinin hikâyesini okumak? Üçüncü gün, akşam, Emelyan kandırdı beni, ben de ona, o subaya gittim. Adresi de bizim kapıcıya sordum. Canım, ben, şunu unutmadan söyleyeyim, bu delikanlıyı çoktandır fark etmiştim; bizim evde kaldığı sırada soruşturmuştum onu. Şimdi görüyorum ki uygunsuz bir iş yapmışım, çünkü onun hakkında bana bir şeyler söyledikleri sırada, kendimde değildim. Varenka, ben, doğrusu, hiçbir şey hatırlamıyorum; tek hatırladığım, onun evinde bir sürü subay olduğu ya da bana herkesin çift göründüğü. Artık, Tanrı bilir. Ayrıca ne söylediğimi de hatırlamıyorum, sadece haklı öfkemle birçok şey söylediğimi hatırlıyorum. Neyse beni dışarı attılar, merdivenlerden yuvarladılar, yani tam yuvarlamadılar da ittiler. Geri nasıl döndüğümü de zaten biliyorsunuz Varenka; işte hepsi bu.

Elbette, kendimi onların seviyesine düşürdüm ve gururum incindi, ama yabancılar haberdar değil, sizden başka kimse haberdar değil; o zaman olup olmaması fark etmez herhalde. Belki de böyledir, Varenka, ne dersiniz? Benim emin olarak bildiğim kadarıyla, geçen yıl sizde Aksentiy Osipoviç aynı şekilde Pyotr Petroviç'in şahsına hakaret etti, ama gizlice, bunu gizlice yaptı. Onu bekçi odasına çağırdı, ben de kapı aralığından gördüm her şeyi; orada ona bir bakıma emir verdi, ama soylu bir şekilde yaptı bunu, çünkü bunu benim dışımda kimse görmedi; beni ilgilendirmez, yani demek istediğim, kimseye söylemedim bunu. Hem, bundan sonra Pyotr Petroviç ile Aksentiy Osipoviç de hiçbir şey olmamış gibiydi. Pyotr Petroviç, bilirsiniz, kimseye söylemeyecek kadar gururludur, artık selamlaşıyor, el sıkışıyorlar.

Tartışmıyorum, Varenka, ben sizinle tartışmaya cesaret edemem, çok düştüm ve daha da dehşet verici olan şey, kendi gözümde düştüm, ama bu da artık, herhalde, kaderime yazılmış bir şeydi, herhalde, kader bu – kaderden de kaçılmaz, bildiğiniz gibi. Neyse, böylece talihsizliklerimi ve felaketlerimi ayrıntılı olarak açıklamış oldum, Varenka, işte, hepsi bu, okunmasa da olur, vakti gelince okunur. Ben biraz hastayım, canım, duyguları-

söylemişti, bir yerde ona bir sözleşme hazırlamışlar, her on kapik için adamcağızı inceleyip durmuşlar. On kapiklerini ona karşılıksız verdiklerini düşünüyorlarmış, ama öyle değil; yoksul insanı birbirlerine göstermek için ödüyorlardı parayı. Canım, günümüzde hayır işleri de biraz tuhaf bir şekilde yapılıyor... Belki de hep böyle yapılıyordu, kim bilir! Ya yapmayı beceremiyorlar ya da çok ustalar bu işte, ikisinden biri. Herhalde bilmiyordunuz bunu, alın işte! Başka bir şeyi pas geçeriz, ama bunu biliriz! Peki yoksul insan neden bütün bunları bilir ve hep böyle düşünür? Cevap? Deneyimle! Sözgelimi, biliyor ki bir beyefendi restorana gider ve kendi kendine şöyle der: Bugün ne yesem? Ben *sauté papillote*[1] yiyeceğim, ama aynı esnada zavallı adam, günü yağsız lapayla geçirecektir. İyi de ona ne, benim yağsız lapa yememden? Böyle insanlar vardır, Varenka, vardır, sırf bunu düşünürler. Ve bunlar, bu edepsiz hicivciler, ortalıkta dolanır, taşa bütün ayağınızla sağlam basıyor musunuz yoksa sadece parmağınızın ucuyla mı basıyorsunuz, bakarlar; bilmem hangi memur, bilmem hangi dairede, altıncı dereceden memurun, çizmesinden çıplak ayaklarının fırladığını, dirsek yerlerinin yırtılmış olduğunu hep gözler; yetmezmiş gibi bütün bunları uzun uzun tasvir edip bu rezilliği bir de yayımlarlar... İyi de sana ne benim dirseklerimin yırtılmış olmasından? Benim kaba sözlerimi hoş görürseniz, Varenka, size şunu söylemek istiyorum, yoksul insan da bu sırada, örnek olarak söylersek, tıpkı sizin gibi, kız gibi utanmaktadır. Sonuçta siz de herkesin karşısında –kaba ifademi bağışlayın– soyunmaya kalkmazsınız; işte yoksul insan da yaşadığı ine bu şekilde bakılmasını, yani onun oradaki aile ilişkilerinin nasıl olduğuna bakılmasını istemez, elbette. Ama o sırada beni inci-

1. (Fr.) Kâğıda sarılarak pişirilen et ve sebze yemeği. (Y.N.)

ten şey, Varenka, benim düşmanlarımla, dürüst bir insanın şerefine ve gururuna el uzatanlarla bir olunmasıydı!

Bugün işyerinde zavallı bir ayı yavrusu, bir serçe gibi otururken, utancımdan yanıp kül olacaktım sanki. Utandım Varenka! Ceketinden çıplak dirsekleri fırlıyor ve düğmeleri ipliklerinden sarkıyorsa, utanır insan doğal olarak. Benim de, sanki kastenmiş gibi, benim de üzerimdeki her şey tam bir karmaşa içindeydi! İster istemez insanın cesareti kırılıyor. Ne yaparsın!.. Mesela bugün bizzat Stepan Karloviç benimle konuşmaya kalktı, konuşup durdu, sanki hiç farkında değilmiş gibi şöyle dedi laf arasında: "Ah siz, canım Makar Alekseyeviç!" Başka da bir şey söylemedi, ne düşündüğünü söylemedi, ama ben her şeyi tahmin ettim ve öyle kızardım ki, tepemdeki kelim bile kıpkırmızı oldu. Aslında önemsiz bir şeydi, ama yine de huzursuzluk veren, akla rahatsızlık veren bir şeydi. Ya bir şeyler öğrendilerse! Tanrı korusun, nasıl öğrenebilirler bir şeyleri! İtiraf edeyim, bir kişiden kuşkulanıyorum, çok kuşkulanıyorum. Sonuçta bu canavarlar aldırmazlar! Satarlar! Senin bütün özel hayatını üç kuruşa satarlar; kutsal bir şey tanımazlar.

Şimdi bunun bir şaka olduğunu biliyorum: Ratazyayev'in şakası. Bizim dairede arkadaşları var, evet, herhalde, laf arasında her şeyi bire bin katarak anlatmış; ya da, kendi dairesinde anlatmış, sonra laf bizim daireye ulaşmış. Ama evde herkes bütün her şeyi ayrıntısıyla biliyor ve sizin pencerenizi gösteriyorlar parmakla; gösterdiklerini biliyorum. Dün size yemeğe gelirken hepsi pencereden sarkmıştı, ev sahibesi de şeytan yine çocuğa musallat oldu, diyerek sizin adınızı edepsiz bir şekilde andı. Ama bütün bunlar Ratazyayev'in sizinle bana kendi edebiyatında yer verme ve ince bir hicivle bizi tasvir etmek gibi iğrenç niyetlerinin karşısında hiç kalır; bunu kendisi söyledi, aramızdaki iyi insanlar da anlattılar bunu bana.

hesabıma göre hem ev sahibisine parasını öderim, hem size yardım ederim hem de üstümdekileri tamir ettiririm, utançtan kurtulurum; yerimde oturamıyorum, Tanrı cezalarını versin, bu sırıtıklar yine bizimle alay edecekler diye! Majesteleri de bu aralar masamın yanından sık sık geçiyor; Tanrı korusun, ya bana bir bakar da uygunsuz bir şekilde giyindiğimi görürse! En önem verdiği şey de temizlik ve düzendir. Kendileri, belki, hiçbir şey söylemeyebilirler, ama ben utançtan ölürüm, ölürüm işte. Bunun sonucunda ben, utancımı delik cebime koyup Pyotr Petroviç'e gittim, hem umut dolu, hem de bilememekten ölümle canlılık arası bir halde gittim. Neyse, Varenka, sonuçta her şey saçma sapan bir son buldu! Bir şeyle meşguldü, Fedosey İvanoviç'le konuşuyordu. Yanına yaklaştım, ellerine yapıştım: "Pyotr Petroviç," dedim, "Pyotr Petroviç!" Başını çevirdi, ben de devam ettim: Durum böyle böyle, dedim, otuz ruble falan filan dedim. Önce beni anlayamadı, ama sonra, her şeyi açıkladığım zaman da güldü ve hiç, öylece sustu. Aynı şeyleri tekrar ettim ona. O da bana, "Rehin verecek bir şeyiniz var mı?" diye sordu. Bu arada evrağına dönmüştü bile, bir şeyler yazıyor, bana bakmıyordu. Biraz şaşaladım. "Hayır, Piyotr Petroviç, rehinim yok," diyerek ona açıkladım; "ama," dedim, "maaş alacağım, o zaman veririm, hemen veririm, önce borcumu öderim." Bu sırada birisi çağırdı onu, bekledim, geri geldi, kaleminin ucunu açmaya koyuldu, beni fark etmemiş gibi yaptı. Ben yine de konuştum, "Ne dersiniz," dedim, "Pyotr Petroviç, bir şey yapılamaz mı?" Sustu, duymamış gibi yaptı, ben durdum bekledim, düşündüm, son kez deneyeyim, dedim; eline yapıştım. Bir şeyler söyleyecek gibi oldu, kalemini açmayı bitirdi, yazmaya başladı; ben de uzaklaştım. Canım, görüyor musunuz, belki değerli insanlar olabilir hepsi ama kibirli, çok kibirli insanlar... beni kat kat aşarlar! Biz kimiz onlar kim, Varenka! Bu yüzden size yazdım bütün bunları. Emelyan İvanoviç gülüp başını salladı, ama beni içtenlikle cesaretlendirdi. Emelyan İvanoviç saygın bir insan. Bana birini tavsiye etmeye söz verdi; Varenka, bu adam, Vıborg üzerinde oturuyor, o da faizle para veriyor, 14. dereceden[1] biri. Emelyan İvanoviç bu adamın hemen vereceğini söylüyor; yarın gideceğim meleğim, iyi mi? Ne dersiniz? Zaten borç almamak bir kâbus! Ev sahibesi beni evden atmak üzere ve bana yemek vermeyi kabul etmiyor. Çizmelerim de çok kötü durumda, canım, düğmem bile yok... Daha neler neler eksik bende! İdareden biri bu tür uygunsuzlukları fark edecek olursa, ne olur? Felaket, Varenka, felaket, tam bir felaket!

Makar Devuşkin

4 Ağustos

Sevgili Makar Alekseyeviç,

Tanrı aşkına, Makar Alekseyeviç, olabildiğince çabuk bir şekilde biraz para bulun; bugünkü koşullarda sizden hiçbir şekilde yardım istemezdim, ama durumumu bir bilseydiniz! Bu dairede kalmamıza imkân yok. Korkunç tatsızlıklar geldi başıma ve keşke şu anda ne kadar şaşkın ve heyecan içinde olduğumu bilseydiniz! Düşünsenize, dostum: Bu sabah bize yabancı, yaşlı, ihtiyar denebilecek, madalyalı bir adam geldi. Bizde ne işi olduğunu anlayamadığımdan tedirgin oldum. Fedora o sırada dükkâna gitmişti. Adam bana nasıl yaşadığımı, ne yaptığımı sormaya başladı ve yanıt vermemi bile beklemeden bana o subayın amcası olduğunu söyledi; kaba

1. Memuriyetteki en düşük derece. (Y.N.)

zayıf sağlığınızla bana vaktinde ödemek için öleceksiniz. Fakat siz, Varenka, bir düşünsenize neden bahsettiğinizi! Neden dikiş yapmanız gereksin, neden çalışmanız gereksin, zavallı küçük kafanızı kaygılarla yormanız, küçük güzel gözlerinizi yıpratmanız ve sağlığınızı bozmanız niye gereksin? Ah, Varenka, Varenka, görüyor musunuz güvercinim, hiçbir şeye yaramıyorum, ben de biliyorum hiçbir şeye yaramadığımı; ama sanki yarıyormuşum gibi yapıyorum! Her şeyi aşacağım, işleri yoluna sokacağım, bazı edebiyatçıların evraklarını temize çekeceğim, onlara gideceğim, bizzat gideceğim, iş isteyeceğim; çünkü onlar, canım, iyi yazıcılar ararlar, biliyorum aradıklarını, sizin yorgun düşmenize izin vermeyeceğim; böyle yıkıcı hallerin içine girmenize izin vermeyeceğim. Küçük meleğim, ben, hemen iş bulacağım, bulamamaktansa ölürüm. Bir de küçük güvercinim, faizden artık korkmamam gerektiğini yazmışsınız; korkmuyorum zaten canım, korkmuyorum, artık hiçbir şeyden korkmuyorum. Canım, ben kırk ruble isteyeceğim; bu çok değildir, değil mi Varenka, ne dersiniz? Benim sözüme güvenip kırk rubleyi verirler mi acaba? Yani, demek istediğim, beni bir bakışta güvenilir ve emniyetli biri sayarlar mı? Çehreme ilk bakışta benim için iyi bir yargıya varabilirler mi? Düşünsenize, meleğim, ikna edebilir miyim ben? Siz ne dersiniz bu konuda? Biliyor musunuz, böyle bir korku hissetmek... hastalıklı, tam olarak söylenirse hastalıklı! Kırk rubleden yirmi beşini size vereceğim, Varenka; iki rubleyi ev sahibisine, kalanı da kendi masraflarıma ayırırım. Bakın, ev sahibesine daha çok vermek gerekirdi, hatta fazladan vermek lazımdı; ama bütün her şeyi değerlendirir, benim ihtiyaçlarımı bir daha hesaplarsanız, daha fazla veremeyeceğimi görürsünüz, bu yüzden, bundan bahsetmek imkânsız, düşünmek bile gereksiz. Bir gümüş rubleye çizme alacağım; artık bilemiyorum, yarın bu eskilerle işe gidip gidemeyeceğimi. Boyun fuları da gerekli bana, çünkü eskisi bir yılı doldurdu artık; ama siz bana eski önlüğünüzden sadece bir fular yapmayı değil, göğüslük dikmeyi de vaat etmiştiniz, fuları düşünmeyeceğim o yüzden. Yani böylece, fular da var, çizme de. Şimdi sıra düğmelerde küçük dostum! Ama siz kabul edersiniz ki, cancağızım, düğme olmadan yapamam; ceketimin yarısında düğme kalmadı bile! Majesteleri'nin bendeki bu düzensizliği fark edip de bir şey söyleyebileceğini ne zaman düşünsem titriyorum, kim bilir neler söyler! Canım, ben, dinleyemem bile söylediklerini; çünkü ölürüm, ölürüm, oracıkta ölürüm, çünkü bu olursa utançtan ölürüm, bir tek düşüncesi bile yeter! Ah, canım! Evet, şimdi bütün ihtiyaçlardan geriye üç ruble kaldı; o da geçinmeye ve yarım külah tütüne gidiyor; çünkü, küçük meleğim, tütünsüz yaşayamam, fakat dokuz gündür ağzıma pipo koyamadım. Alabilirdim, bütün samimiyetimle söylüyorum, alabilirdim, ama size de bir şey söylemedim, bütün samimiyetimle. Sizin de başınızda bela var, siz de en ufak şeye ihtiyaç halindesiniz, bense burada çeşitli hazların tadını çıkarıyorum; işte bu yüzden almadım ve size bunu söylememin nedeni vicdan azabı çekmemeniz için. Size açıkça itiraf ediyorum, Varenka, artık aşırı yoksul bir haldeyim, yani buna benzer bir şey asla gelmemişti başıma. Ev sahibesi beni aşağılıyor, kimseden bir saygı görmüyorum; en korkunç ihtiyaçlar, borçlar içindeyim; işyerinde meslektaşlarla daha önce de şen şakrak değildi aramız, ama canım, artık, hiç konuşmuyorlar. Saklıyorum, dikkatle saklıyorum herkesten, hem kendimi saklıyorum, hem de işe gittiğim zaman, yan yan, herkesten uzak durarak gidiyorum. Zaten bunları sadece size itiraf etmek için güç bulabiliyorum ruhumda... Ya, parayı vermezlerse?! Neyse, hayır, en iyisi, Varenka, böyle şeyleri önceden düşünüp içinizi

nüzü görünce büyük bir mutlulukla doldu. Bunu gururdan söylemiyorum, benim kalbim için kaygılandığınızı görerek beni sevdiğinizi anlamış olduğum için söylüyorum. Peki, iyi; artık kendi kalbimden bahsedeceğim! Kalbim kendince bir havada; siz de cesaretsiz olmamam için uyarıyorsunuz, canım. Evet, küçük meleğim, ne yazık ki, ben de söylüyorum buna, cesaretsizliğe gerek olmadığını; ama öyleyse, canım benim, siz karar verin yarın hangi çizmelerle gideyim işe! Durum bu, canım; bu tür bir fikir bile insanı mahvedebilir, kesinlikle mahveder. En önemlisi, cancağızım, kendim için üzülmüyor, kendim için acı çekmiyorum; bana göre hiçbir şey fark etmez, dondurucu ayazda paltosuz, çizmesiz gezerim, her şeye katlanır, dayanırım, bana vız gelir; sade, küçük bir insanım ben, ama insanlar ne der? Düşmanlarım, kötü dillilerin hepsi ne der paltosuz gidersem? Zaten insan paltoyla geziyor, çizme giyiyorsa ne yazık ki hep başkaları için yapıyor bunu. Bu durumda çizmeler de, canım, ruhum benim, isminin onurunu ve değerini korumak için gerekli; delik çizmeler içindeyken ya ruhum ya onurum zarar görür, inanın, canım, bunca yıllık deneyimime inanın; benim gibi dünyayı ve insanları tanıyan bir ihtiyarı dinleyin, birtakım acemi ve kötü yazarları dinlemeyin.

Ben size ayrıntısıyla anlatamadım, canım, bugün aslında neler olduğunu, bugün neler çektiğimi. Neler çektim, tek bir sabahta ne kadar çok ruhsal zorluğa katlandım, böylesini bütün yıl hiç çekmemiştim. Şöyle oldu: Gittim, önce, ondan borç para almak ve işe gidebilmek için erkenden gittim. Bugün de öyle bir yağmur vardı, öyle şiddetli yağdı ki! Bir tanem, ben paltoma sarındım, giderken hep düşünüyorum: "Tanrım! Bağışla," diyorum, "günahlarımı ve arzularımı yerine getir."... Kilisesi'nin yanından geçtim, haç çıkardım, bütün günahlarımı hatırladım, yüce Tanrı'yla anlaşmamın uygunsuz olduğunu hatırladım. Kendi kendime kızdım ve hiçbir şeyi görmek istemedim; öylece, yolu takip edip gittim. Caddeler boştu, kime rastlasam meşguldü, dalgındı, şaşacak bir şey de yoktu; o kadar erken vakitte, böyle bir havada kim gezer! Kir pas içinde bir işçi topluluğu çıktı karşıma; çarpa çarpa geçtiler, köylüler! Ürkeklik geldi üzerime, tedirgin oldum, parayı düşünmek bile istemiyordum açıkçası – artık ne olacaksa olsun! Voskresenski Köprüsü'nde tabanlarım iflas etti, artık neyin üzerinde gittiğimi bilmez haldeydim. O sırada bizim katip Ermolayev karşıma çıktı, selam verdi, durdu, gözleriyle takip etti sanki votka ısmarlamamı ister gibi; ah, kardeşim, diye düşündüm, votkaymış, nereden çıktı bu votka! Korkunç yorulmuştum, durdum, dinlendim biraz, devam ettim biraz daha. Kasten çevreme bakındım, birtakım fikirler gelsin, oyalanayım, kendime geleyim diye; olmadı – tek bir fikir bile gelmedi aklıma, bir de iki kat çamurlanmıştım, utanılacak haldeydim. Sonunda uzakta ahşap, sarı, taraça gibi bir çatı katı olan evi gördüm; tam öyleymiş, tam Emelyan İvanoviç'in dediği gibiymiş Markov'un evi. (Fazizle para veren buydu, canım, Markov.) Artık kendimi bilmiyordum ve Markov'un evi olduğunu anladığım halde, bir bekçiye sordum, "Kardeş," dedim, "bu kimin evi." Bekçi kaba sabaydı, isteksizce konuştu, sanki birine sinirlenmiş de, sözcükleri dişlerinin arasından tıslar gibi, "Budur, budur," dedi, "Markov'un evi." Bekçiler hep böyledir ama bana ne bekçiden? Hepsi kaba ve tatsız bir his bırakır insanda, kısacası, hepsi aynıdır; insan hep kendi durumuna uygun bir şeyle karşılaşır, hep böyle olur bu. Evin yanından caddede üç kez gidip geldim, gidip geldikçe de iyice kötüleştim, "Hayır," diye düşündüm, "vermez, hiçbir şekilde vermez!" Tanımadığım bir adam, işim de nazik bir iş, tipim de düzgün değil, "Bakalım kader ne diyecek," diye düşündüm; daha sonra denemedim

gıları, bütün bu fısıltılar, gülüşler, şakalar. Majesteleri hiç haber vermeden işime son verebilir; ah, canım, benim altın çağım geçti! Bugün sizin bütün mektuplarınızı okudum yeniden; hüzünlendim, canım! Hoşça kalın, bir tanem, Tanrı sizi korusun!

M. Devuşkin

Hamiş: Varenka, bu kederimi, size yarı yarıya şaka yollu anlatmak istedim, fakat, anlaşılan, şaka benim işim değil. Gönlünüzü almak istemiştim. Size geleceğim, canım, hemen geleceğim, yarın geleceğim.

11 Ağustos

Varvara Alekseyevna,

Güvercinim benim, canım! Bittim ben, bittik ikimiz de, ikimiz birden, onarılması imkânsız bir şekilde bittik. Şerefim, gururum... hepsini kaybettim! Ben öldüm, siz de öldünüz canım, siz de benimle birlikte, onarılması imkânsız bir şekilde öldünüz! Ben yaptım, sizi ölüme ben sürükledim! Beni kovdular, canım, aşağıladılar, alay ettiler, ev sahibesi de hakaret etmeye başladı; bağırdı, bağırdı bana bugün, azarladı, azarladı beni, paspastan beter yaptı. Akşamleyin Ratazyayev'deyken, oradakilerden biri bir mektup taslağını yüksek sesle okumaya başladı, benim size yazdığım, cebimden gizlice çekip aldığı bir mektubu okumaya başladı. Anacığım, ne biçim alay ettiler! Küçülttüler, küçülttüler bizi, kahkahalar attılar, alçaklar! Üzerlerine yürüyüp Ratazyayev'i hainlikle suçladım; ona alçak olduğunu söyledim! Ratazyayev de asıl benim alçak olduğumu, çeşit çeşit *coquette*'lerle[1] dolaşıp gönül eğlendirdi-

1. (Fr.) Güzel görünmeye özenen kadın. (Y.N.)

ğimi; "Siz bizden saklandınız," dedi, "siz bir Lovelace'sınız,[1]" dedi; şimdi de beni Lovelace diye çağırıyorlar, başka adım yokmuş gibi! Duyuyor musunuz, küçük meleğim, duyuyor musunuz... artık her şeyi biliyorlar, her şeyden haberdarlar ve sizi, bir tanem, sizi biliyorlar, size ait ne var ne yok her şeyi, her şeyi biliyorlar! Olacak şey değil! Faldoni de oradaydı, onların tarafını tuttu; bugün onu kasaptan bir şeyler almaya gönderdim; gitmedi, işim var dedi! "İyi de sen mecbursun," dedim. "Hiç de değil," dedi, "benim hanımıma para ödemiyorsunuz, size bir mecburiyetim yok benim," dedi. Dayanamadım onun gibi birinin, eğitimsiz bir köylünün yaptığı bu hakarete ve bir aptal olduğunu söyledim; o da bana, "Asıl bunu söyleyen aptal," dedi. Sarhoş olduğu için bana karşı böyle kaba konuşuyor, diye düşündüm, "Sarhoşsun, dedim, köylü herif," şöyle yanıt verdi: "Siz mi içirmiştiniz beni? Ayılmak için bile bir damlanız yok; kuruş için dileniyorsunuz," diyerek ekledi: "Ah, buna bir de efendi diyorlar!" İşte, canım, olay nerelere vardı! Yaşamak utanç veriyor, Varenka! Tam anlamıyla dile düştük; kimliksiz bir berduştan beter olduk. Çok ağır felaketler! Bittim ben, kesinlikle bittim ben! Onarılması imkânsız bir şekilde bittim.

M.D.

13 Ağustos

Sevgili Makar Alekseyeviç,

Başımıza peş peşe felaketler geliyor, artık ben de bilmiyorum ne yapacağımı! Şimdi siz ne yapacaksınız, be-

1. Samuel Richardson'ın (1689-1761) *Clarissa* (1748) adlı romanının başkarakteri olan Robert Lovelace, Clarissa Harlowe'u serveti için baştan çıkarmaya çalışmaktadır. Bu tür durumlar için simge isim halini almıştır. Roman, Rusya'da 19. yüzyıl başında popüler romanlar arasındaydı. (Y.N.)

nim de umudum tükendi; bugün sol elimi ütüyle yaktım; kazara düşürdüm ütüyü, elim hem incindi, hem yandı, bir anda. Çalışmama imkân yok, Fedora da üç gündür hasta yatıyor. Acı verici bir huzursuzluk içindeyim. Size otuz gümüş kapik gönderiyorum; bu bizim son varlığımız sayılır, yoksa, Tanrı biliyor, sizin ihtiyacınıza yardım etmeyi çok isterdim şimdi. Ağlayacak kadar üzgünüm! Hoşça kalın, dostum! Bugün bize gelseydiniz, beni çok teselli etmiş olurdunuz.

V.D.

14 Ağustos

Makar Alekseyeviç,

Neyiniz var sizin? Tanrı korkunuz yok, herhalde! Beni kesinlikle delirteceksiniz. Utanmıyor musunuz siz! Kendinizi mahvediyorsunuz, sadece kendi itibarınızı düşünüyorsunuz! Şerefli, soylu, gururlu bir insansınız, herkes böyle biliyor sizi! Ama utançtan ölmeniz lazım sizin! Yoksa yazık değil mi ağarmış saçlarınıza? Ama, Tanrı'dan korkun! Fedora, artık size yardım etmeyeceğini söyledi, ben de size bir daha para vermeyeceğim. Beni ne hale getirdiniz, Makar Alekseyeviç! Herhalde, bana bir şey olmayacağını, böyle çirkin davranmanızın beni etkilemediğini sanıyorsunuz; siz hâlâ benim sizin yüzünüzden nelere katlandığımı bilmiyorsunuz! Merdivenlere bile çıkamıyorum: herkes bana bakıyor, parmağıyla gösterip tuhaf tuhaf şeyler söylüyor; evet, "benim bir ayyaşla ilişkim olduğunu" açıkça söylüyorlar. Bunu duymak ne ağır şey! Sizi eve taşıdıkları zaman bütün kiracılar tiksinerek gösteriyor: İşte, diyorlar, o memuru getirdiler. Sizin yüzünüzden nasıl utandığımı söylemem imkânsız. Yemin ederim, buradan taşınacağım. Bir yere gidip oda hizmetçisi, çamaşırcı olacağım, burada durmayacağım. Bana gelmenizi yazmıştım, gelmediniz. Demek, benim gözyaşı ve ricalarım sizin için önemsiz, Makar Alekseyeviç! Peki parayı nereden buldunuz? Tanrı aşkına, kendinize gelin. Mahvolacaksınız, bir hiç için mahvolacaksınız! Hem rezalet, hem ayıp bu yaptığınız! Ev sahibeniz de akşam eve almak istemedi, sokakta yattınız: Biliyorum bunları. Keşke bunu öğrenmenin bana ne kadar ağır geldiğini bilseydiniz. Bana gelin, bizde neşeniz yerine gelir; birlikte kitap okuruz, eskileri hatırlarız. Fedora dinî ziyaretlerini anlatacak. Benim için, güvercinim, perişan etmeyin kendinizi, beni perişan etmeyin. Ben bir tek sizin için yaşıyorum, sizin için yanınızda kalıyorum. Ne yapıyorsunuz şimdi böyle! Soylu bir insan, talihsizlikler karşısında kararlı bir insan olun; unutmayın, yoksulluk kusur değil. Ne diye umudunuzu yitiriyorsunuz: Bütün bunlar geçici! Tanrı verir – her şey düzelir, yeter ki siz şimdi kendinizi toplayın. Size yirmi kapik gönderiyorum, kendinize tütün ya da istediğiniz bir şey alın, yeter ki, Tanrı aşkına, kötü bir şeye harcamayın. Bize gelin, hemen gelin. Belki, eskisi gibi, utanırsınız, ama utanmayın; sahte bir utangaçlık bu. Yeter ki siz en samimi bir şekilde pişman olun. Tanrı'ya güvenin. O her şeyi iyi eder.

V.D.

19 Ağustos

Varvara Alekseyevna, canım,

Utanıyorum, canımın içi, Varvara Alekseyevna, çok utanıyorum. Fakat, bunun nesi değişik, canım? Neden kalbimi eğlendirmeyeyim? O zaman ayakkabımın tabanını düşünmüyorum, çünkü saçma geliyor ve o da hep sade, sefil, kirli bir taban olarak kalıyor. Çizmeler de bir saçmalık! Yunan bilgeler de çizmesiz gezerdi, o zaman bizim kardeşimiz niye böyle değersiz meselelerle uğraşıyor? Ne diye gücendiriyor, ne diye küçümsüyor beni bu durumda? Ah! Canım, canım, neler yazmışsınız! Fedora'ya söyleyin, saçmalayan, huzursuz, asi bir kocakarı kendisi ve iki kat aptal, hem de tarifsiz aptal! Benim ak saçlarıma gelince, bunda yanılıyorsunuz, bir tanem, çünkü hiç de sizin sandığınız kadar ihtiyar değilim. Emelya size selam söylüyor. Üzülüp ağladığınızı yazıyorsunuz; ben de size, ben de üzüldüm, ağladım diye yazıyorum. Sonuçta size her tür sağlık ve refah dilerim, bana gelince, ben de hem sağlıklı hem mutluyum küçük meleğim.

Dostunuz,
Makar Devuşkin

21 Ağustos

Saygıdeğer Hanımefendi ve Sevgili Dostum,
Varvara Alekseyevna!

Suçlu olduğumu hissediyorum, size karşı kabalık ettiğimi hissediyorum ve bana göre, bunun hiçbir yararı yok, canım, yani benim bütün bunları hissederken sizin hiçbir şey söylememeniz karşısında. Suç işlemeden önce de bütün bunları hissetmiştim, ama işte ruhen düştüm, günahımı bilerek düştüm. Canım benim, kötü değilim, acımasız değilim; sizin kalbinizi parçalamak için de, güvercinim, en azından kana susamış bir kaplan olmak gerekir, ama bende bir koyun kalbi var. Ve ben, bildiğiniz gibi, kan dökmeye arzu duymuyorum; bu yüzden, küçük meleğim, hiç de suçlu değilim davranışımda, çünkü ne kalbimde ne de düşüncelerimde suç var; üstelik neyle suçlandığımı da bilmiyorum. Yani bu iş karanlık bir iş, canım! Otuz gümüş kapik göndermişsiniz, sonra da yirmi kapik gönderdiniz; sizin öksüz paralarınıza bakarken kalbim karardı. Eliniz yanmış, yakında açlık çekeceksiniz, ama bana tütün almamı söylüyorsunuz. Ama nasıl hareket etmeliyim böyle bir durumda? Yoksa, hiç vicdan azabı çekmeden, bir haydut gibi, sizi, bir öksüzü soymaya mı başlayayım! Bunun karşısında ruhen düştüm, canım, yani başta, hiçbir şeye yaramadığımı ve ayakkabımın tabanlarından sadece biraz daha değerli olduğumu hissederken, kendimi daha anlamlı bir şey saymak edepsizlik gibi geldi, tersine, kendi kendimi edepsiz ve belli ölçüde terbiyesiz biri olarak görmeye başladım. Ama, kendi kendime saygımı nasıl kaybettim, nasıl iyi niteliklerimi ve kendi değerimi reddetmeye kalkıştım, her şeyi kaybeder etmez de düşmeye başladım! Bu da kaderin yazısı, ben bundan suçlu değilim. Önceleri biraz hava almaya çıkıyordum. O sırada her şey birbirini izledi: doğa o kadar ağlamaklıydı, hava da o kadar soğuktu, yağmur yağıyordu, o sırada Emelya'yla karşılaştık yine. Varenka, elinde ne varsa rehin vermiş adam, evinde ne varsa vermiş ve ona rastladığım sırada, iki gündür çiy damlası bile girmemişti ağzına, yeni bir şey rehin vermek istiyordu, ama bulamıyordu, verecek bir şeyi kalmamıştı. Yani, Varenka, bende meyil olduğundan değil, adama merhamet ettiğim için karıştım bu işe. İşte böylece günah işledik, canım! Onunla birlikte nasıl ağladık! Sizi andık. O çok iyi, çok aşırı iyi bir insan ve çok hassas biri. Canım, ben bütün bunları anlıyorum; benim de başıma gelen şeyler bütün bunlar, çok iyi hissediyorum bunları. Size ne kadar borçlandığımı biliyorum, güvercinimsiniz benim! Sizi tanıyınca, birincisi, kendimi daha iyi tanıdım ve sizi sevmeye başladım; küçük meleğim, sizden önce, tek başımaydım ve yeryüzünde uyuyor, yaşamıyordum sanki. Onlar, bana zalimlik edenler, çehremin bile uygunsuz olduğunu söylüyorlardı ve hor görüyorlardı beni, kendi kendimi hor görür olmuştum; kütük gibi olduğumu söylüyorlardı, ben de gerçekten kütüğüm ben, diye düşünüyordum, ama siz karşıma çıkınca, siz karanlık hayatımı aydınlattınız kalbimi ve ruhumu aydınlattınız ve ben ruhsal huzur bularak diğerlerinden daha kötü olmadığımı anladım; belki parıltı yok, ışıltı yok, renk yok, ama yine de insanım, kalbiyle ve düşünceleriyle bir insanım ben. Şimdi de, kaderin kovaladığını hissederek, onun tarafından ezilerek, kendi kendimin değerini reddetmeye kalkıştım, ben felaketlerimle içim kararmış ve ruhen düşmüş bir halde bunu yaptım. İşte siz de her şeyi bildiğinize göre, canım, size gözyaşlarıyla yalvarıyorum bu konuyu daha fazla kurcalamamanız için yalvarıyorum, çünkü kalbim parçalanıyor, acı geliyor, ağır geliyor.

Size saygılarımı sunuyorum.

Sadık dostunuz,
Makar Devuşkin

Eylül

3 Eylül

Bir önceki mektubumu tamamlamadım, Makar Alekseyeviç, çünkü benim için yazmak zor oldu. Bazen öyle dakikalar oluyor ki tek başıma kalmaktan, tek başıma hüzünlenip tek başıma kesintisiz kederlenmekten mutlu oluyorum ve böyle hallerim gitgide sıklaşıyor artık. Hatıralarımın açıklanamayan bir yanı var, beni dizginsizce çekiyor, öyle güçlü çekiyor ki birkaç saat çevremdeki her şeye karşı duygusuz kalıp her şeyi, gerçek her şeyi unutuyorum. Ve bugün yaşadığım her şey, acı olsun, kederli olsun, tatlı olsun, her şey bana geçmişimdeki benzer bir şeyi, genellikle de çocukluğumda, çocukluğumun altın çağlarında olan bir şeyi hatırlatıyor. Ama bu tür anlardan sonra fenalaşıyorum. Biraz güçsüzleşiyorum, hayalperestliğim yıpratıyor beni, sağlığım da zaten gitgide kötüleşiyor.

Ama bugün sonbaharda az bulunan türden daha aydınlık, açık, parlak bir sabah var, beni canlandırdı ve mutlulukla karşıladım onu. Demek, sonbahar oldu artık! Köydeyken sonbaharı ne çok severdim! Daha küçücük çocuktum, ama o zaman da birçok şey hissederdim. Sonbahar akşamını sabahından daha çok severdim. Evimizden iki adım ötede, dağın kıyısında, göl vardı. Bu göl –şimdi gözlerimin önüne geliyor– bu göl öyle büyük, öyle aydınlık, öyle temizdi ki, kristal gibiydi! Bazen, eğer sessiz bir akşamsa göl sakin olurdu; kıyıya toplanmış köylerde kıpırtı olmazdı, su dümdüz dururdu, ayna gibi. Aydınlık! Soğuk! Otun üzerine çiy düşer, kıyıdaki izbelerde mumlar yanar, sürü toplanır; bu sırada ben de sessizce evden kaçar, gölüme bakmaya giderdim ve oturup seyrederdim, bazen. Suyun kıyısındaki balıkçılar çalı çırpı toplayıp yakardı ve ışık suyun üzerinde uzaklara uzanırdı. Gök çok soğuk, mavi ve kızıl, alevli kuşaklarla çevrelenmiş olurdu ve bu kuşaklar gitgide daha soluk renge kayardı; ay çıkardı; havada öyle bir sessizlik olurdu ki, ürken bir küçük kuş kanat çırptı mı, bir kamış hafif rüzgârdan sallandı mı, bir balık suda süzüldü mü; hepsi, hepsi duyulurdu. Mavi suyun üzerinde beyaz, ince, saydam bir sis yükselir, uzaklar kararır; her şey sanki gömülür dumana, yakınlarda da her şeyin hatları belirginleşmiş, sanki kalemle çizilmiş gibi olur... kayık, kıyı, adalar; savrulmuş, kıyının kenarında unutulmuş bir fıçı, hafif hafif salınır suda, salkımsöğüt sarı yapraklarını kamışlara döker, geç kalmış bir martı havalanır, dalar soğuk suya, sonra yine kanat çırpar ve kaybolur siste. Seyrettim, dinledim; mucizevi bir iyilik halindeydim! Üstelik bebektim, çocuktum daha!..

Sonbaharı öyle severdim ki ekinlerin artık toplandığı, bütün işlerin sona erdiği, kulübelerde toplanmaların başladığı, herkesin artık kışı beklediği o sonbahar sonunu. O zaman etraf daha da karamsar olurdu, gök bulutlarla kaplanır, sarı yapraklar çıplak ormanın kıyılarındaki patikalara toplanırdı, orman da –özellikle de akşamleyin, nemli bir sis çöktüğü ve köyler sisin içinde devler gibi, çirkin, korkunç hayaller gibi görünüp kaybolduğu zaman– mavileşir, kararırdı. Yürürken geç kalırdım bazen, diğerlerinden geri kalır, tek başıma yürürdüm, sonra da korkup acele ederdim! Yaprak gibi titrerdim; böyle giderken ya şu kovuktan korkunç biri çıkarsa, diye düşünürdüm; bu arada rüzgâr esip gelir ormandan, uğuldar, kükrer, acıklı bir şekilde inler, cılız dallardan yığın yığın yaprak koparır, havada döndürür onları ve arkalarından uzun, geniş, gürültücü bir sürü, yürek parçalayıcı vahşi bir çığlıkla, bir kuş sürüsü sökün eder, gök kararır ve hepsini örter. Korkunç olur ortalık, bu sırada –sanki birini duymuş gibi– bir ses, sanki birisi fısıldar: "Koş, koş, çocuk, geç kalma; korkunç bir şey olacak az sonra, koş, çocuk!" – Korku düşer kalbime ve nefesim alev almış gibi koşarım, koşarım. Koşarak, nefes nefese varırım eve; ev gürültülü, neşeli; bütün çocuklara bir iş vermişler; bezelye ya da haşhaş ayıklanır. Islak kütükler sobada çıtırdar; annem neşeyle seyreder bizim neşeyle çalışmamızı; yaşlı dadı Ulyana eski zamanları ya da büyücüler ve ölülerle ilgili korkunç masallar anlatır. Biz, çocuklar da, bir köşeye büzülürüz, hepimizin dudaklarında bir gülümseme. Sonra birden bir anda susarız... Ne o! Gürültü! Sanki biri vuruyor kapıya! Hiçbir şey değilmiş meğer; yaşlı Frolovna'nın çıkrığı gıcırdıyor; ne çok gülerim! Sonra geceleyin korkudan uyuyamam; korkunç rüyalar görürüm. Uyanırım, bazen, kıpırdamaya cesaret edemeden şafak vaktine kadar yorganın altında titrerim. Sabahleyin çiçek gibi taze kalkarım. Pencereden bakarım; bütün tarla ayaz olmuş; ince sonbahar kırağısıyla kaplanmış çıplak dallar; yaprak gibi ince bir buzla örtülmüş göl; gölün üzerinden beyaz bir duman yükseliyor; neşeli kuşlar bağrışıyor. Güneş parlak ışınlar saçıyor dört bir yana ve ışınlar cam gibi ince buzda kırılıyor. Aydınlık, parlak, neşeli! Sobada yine ateş titreşiyor; semaverin başına oturuyoruz, geceleyin üşümüş kara köpeğimiz Polkan bize pencereden bakıyor ve davetkâr bir şekilde kuyruk sallıyor. Bir köylü geçiyor pencerenin kıyısından dinç bir atın üstünde, ormana odun toplamaya gidiyor. Herkes öyle hoşnut, öyle neşeli ki!.. Ah, ne kadar altın bir çocukluktu benimki!..

İşte ağladım şimdi, çocuk gibi, hatıralara kapılıp gidince. Her şeyi öyle canlı, öyle canlı hatırladım, öyle parlak bir şekilde belirdi ki bütün geçmiş önümde ve şu an öyle bulanık, öyle karanlık ki!.. Nasıl sona erecek bu, nasıl sona erecek bütün bunlar? Biliyor musunuz, benim bir inancım var, bu sonbahar öleceğime inanıyorum. Çok, çok hastayım. Sık sık öleceğimi düşünüyorum, ama yine de böyle ölmek istemiyorum, buralarda yatmak istemiyorum. Belki de, yine yatıp kalacağım, o zamanki, bahar vakti gibi, hâlâ iyileşemedim. İşte şimdi de çok kötüyüm. Fedora bugün bütün gün bir yerlere gidecekti, tek başıma oturuyorum. Bir süredir tek kalmaktan korkuyorum; odada benimle birlikte başkası varmış, biri benimle konuşuyormuş gibi geliyor; özellikle de bir şeylerle uğraşırken aniden dalgınlıktan çıkıp kendime gelince, korkuya kapılıyorum. İşte bu yüzden size böyle uzun bir mektup yazdım; yazdığım zaman, geçiyor bu. Hoşça kalın, mektubu bitiriyorum, çünkü kâğıt da vakit de kalmadı. Yaptığım elbiseden ve şapkadan gelen paradan sadece bir gümüş ruble kaldı. Siz ev sahibesine iki gümüş ruble verdiniz; bu çok iyi; bir süre susar şimdi.

Kendinize bir elbise uydurun. Hoşça kalın; çok yoruldum; neden bu kadar güçsüzleştiğimi anlamıyorum; en küçük uğraş beni yoruyor. İş olsa bile, nasıl çalışacağım? İşte bu mahvediyor beni.

V.D.

5 Eylül

Güvercinim, Varenka,

Meleğim, bugün bir sürü olay geçti başımdan. Birincisi, bütün gün başım ağrıdı. Biraz hava almak için Fontanka kıyısında gezmeye çıktım. Çok sıcak, nemli bir akşamdı. Saat altıda ortalık kararmıştı – tıpkı şimdiki gibi! Yağmur yağmıyordu ama sis vardı; sıkı bir yağmurdan geri kalmayan bir sis. Gökte uzun, ipliksi bulutlar ilerliyordu. Halk akın akın yürüyordu kıyıda ve hepsinin de yüzü sanki kastenmiş gibi korkunç, kasvetliydi; sarhoş adamlar, kalkık burunlu kadınlar – *çuhonka*'lar, çizme giymiş başı bağsız bekâr kadınlar, artel işçileri, arabacılar, türlü türlü ihtiyaçların peşindeki kardeşlerimiz; çubuklu önlüğünü giymiş, sıska, hastalıklı, yüzü yağ kaplanmış, eline bir kilit almış çilingir çırağı; iki metre boyunda bir emekli asker – işte böyle bir halk vardı. O saatte de herhalde başka bir halk olamazdı. Gemi kanalı Fontanka! Mavnaların sonu gelmiyor, insan hepsinin nasıl yer bulabildiğine şaşıyor. Köprülerde çürük elma ve ıslak kurabiyeler satan kocakarılar oturuyor ve hepsi de kirli, ıslak bu kadınların. Fontanka'da gezmek ne sıkıcı! Ayakların altında ıslak mermer, iki yanda yüksek, kara, isten kararmış evler; ayakların altında sis, başın tepesinde sis. Bu akşam böyle hüzünlü, böyle karanlıktı ortalık.

Gorohovaya'ya saptığımda, ortalık iyice kararmış ve gaz lambaları yanmıştı. Uzun zamandır gitmemiştim Gorohovaya'ya, gidememiştim. Ne gürültülü bir cadde! Ne kadar çok zengin dükkânlar, mağazalar var; her şey ışıl ışıl yanıyor, camların arkasında kumaşlar, çiçekler, kurdeleli bir sürü şapkalar var. Bütün bunların süs diye konulduğunu düşünüyor insan ama öyle değil bunlar, çünkü adamlar var, bütün bunları satın alıyor, karılarına hediye ediyorlar. Zengin bir cadde! Gorohovaya'da bir sürü Alman fırıncı yaşıyor; cadde halkının da hali vakti yerinde olmalı. Her an bir sürü araba geçiyor caddeden; köprü bütün hepsini nasıl taşıyabiliyor! Şatafatlı yaylı arabalar var, camları ayna gibi, içleri kadife ve kürk kaplı; soyluların uşakları apoletli, kılıçlı. Bütün arabaları seyrettim, içlerinde oturan kadınların hepsi de prenses ve kontesler gibi giyinmişti. Herhalde, herkesin balolara ve toplantılara telaş ettiği bir saatti. Prensesleri ve ünlü kadınları yakından görmek ilginç bir şey; herhalde çok iyi bir şey olmalı; hiç görmedim ben; belki de şimdiki gibi, arabayla geçiyorlardır. O sırada sizi hatırladım. Ah, güvercinim, bir tanem! Nasıl hatırlıyorum şimdi sizi, kalbim nasıl da bunalıyor! Neden siz bu kadar mutsuzsunuz Varenka? Meleğim! Neyiniz eksik ki onlardan? Siz benim için iyi kalpli, harika, okumuş birisiniz; neden sizin payınıza kötü bir talih düşmüş? Neden her şey böyle oluyor, iyi bir insan karanlıkta kalıyor, bir başkasınaysa mutluluk kendiliğinden geliyor? Biliyorum, biliyorum, canım, böyle düşünmek iyi değil, serbest fikircilik bu; ama içtenlikle, hakikat adına, neden bazıları için kader, yavrusu daha annesinin karnındayken mutluluk müjdesi verir; ama bir başkası yetimhaneden çıkıp doğruca sokaklara düşer? Zaten mutluluk genellikle Aptal İvan'cığa[1] gelir. Yani Aptal İvan'cığım, dededen kalma çuvalları karıştır, ye, iç, eğlen, fakat sen, oradaki, işte sen, yutkun, o sana yeter; yani, sana da böylesi layıktır, kardeşim, işte öyle!" Günah, canım, günah böyle düşünmek, ama ister istemez gelip giriyor ruha günah. Keşke siz böyle bir araba içinde gezseydiniz, bir tanem, canımın içi. Kibar bakışlarınız generalleri esir alırdı, bizim gibileri değil; eski bir basma elbiseyle değil, altın sırmalı ipekler içinde gezerdiniz. Şimdiki gibi zayıf, çöp gibi olmazdınız, şeker gibi, aydınlık, kırmızı, dolgun bir çehreye sahip olurdunuz. Ben de o zaman sokaktan sizin güçlü bir şekilde aydınlatılmış pencerelerinize bakıp gölgenizden başka bir şey göremesem bile mutlu olurdum; sadece sizin mutlu ve neşeli olduğunuzu düşünmek bile mutlu ederdi beni, güzel kuşum benim, neşelenirdim ben de. Ama şimdi! Kötü

1. Aptal İvan, Rus halk masallarının, bizdeki Keloğlan benzeri, saf bir genç kahramanıdır. (Y.N.)

insanların sizi yıpratmaları yetmiyormuş gibi, oraya sefil, ahlaksız bir adam gelip sizi gücendiriyor. Üzerindeki frakla hindi gibi dikiliyor, altın kelebek gözlüğüyle size bakan o utanmaz, her şey onun elindeymiş gibi, edepsiz ağzından çıkanları dinlemek gerekliymiş gibi davranıyor! Yeter ama artık, değil mi güvercinim! Peki neden oluyor bütün bunlar? Siz yetim olduğunuz için, siz savunmasız olduğunuz için, yanınızda kimse olmadığı için; sırtınızı dayayacağınız güçlü bir dost olmadığı için. Peki bir yetimi bir hiç için gücendiren bu insanlara insan mı dememiz gerekir? Sefil bunlar, insan değil, sadece sefil; onlar insan değil, görünüşte öyleler sadece, buna inanıyorum ben. İşte böyle bu insanlar! Ve bence, bir tanem, işte bugün Gorohovaya'da rastladığım laternacı, onlardan daha çok hak ediyor saygıyı. Bütün gün dolanıp yoruluyor, boğazına girecek bayat, kalitesiz bir lokmayı bekliyor, ama böylece kendisinin efendisi oluyor, kendi kendine bakıyor. Sadaka istemiyor; insanların keyfi için, kurulmuş makine gibi çalışıyor... İşte, "Elimden geldiği kadarıyla, mutluluk getireyim," diyor. Dilenci, bir dilenci o, açıkçası, bildiğimiz dilenci; ama yine de soylu bir dilenci; yorgun, üşümüş, ama yine de çalışıyor, kendince de olsa her şeye rağmen çalışıyor. Bir sürü şerefli insan var, canım, emeklerinin karşılığını alamasalar da, kimseye boyun eğmeyen, kimseden ekmek istemeyen insanlar var. İşte ben de onun gibiyim, bu laternacı gibi, o değilim tabii, hiç onunla aynı değilim, ama kendi fikrimce, tıpkı onun gibi soylu, terbiyeli bir tavır içindeyim, gücüm yettiğince, yani yapabildiğimce çalışıyorum. Daha fazlası gelmiyor elimden; ama yapacak bir şey yok.

Bu laternacıdan bahsetmemin nedeni, bugün yoksulluğumu iki kat hissetmiş olmam. Laternacıya bakmak için durmuştum. Bir şeyler düşünüyordum, aklımı dağıtmak için durmuştum. Benden başka arabacılar, bir genç kız bir de küçük bir kız vardı, hepsi de kir pas içindeydi. Laternacı bir pencerenin önünde duruyordu. Bir çocuk, on yaşlarında olabilecek küçük bir çocuk gözüme çarptı; güzel bir çocuktu, ama çok hastalıklı, çok cılız bir görünüşü vardı, üzerinde de bir gömlekle bir şey daha vardı, ayakları çıplak sayılırdı, ağzı iki karış açık müziği dinliyordu, çocuk işte! Hayran hayran seyrediyordu Alman'ın kuklaları dans ettirmesini, ama kendi eli ayağı buz kesmişti, titriyor, gömleğinin kolunu kemiriyordu. Elinde bir kâğıt olduğunu fark ettim. Bir adam geldi ve laternacıya biraz para attı; para doğruca gitti, içinde kadınlarla dans eden bir Fransız kuklasının durduğu küçük sahnenin kutusunun içine düştü. Para çınladığı anda, benim çocuk silkindi, ürkek ürkek çevresine bakındı ve o sırada parayı benim verdiğimi sandı. Bana doğru koştu, elleri titriyordu, sesi titriyordu, bana bir kâğıt uzatıp şöyle dedi: Okuyun! Kâğıdı açtım, hep bildik şeyler; işte, "Hayırsever insanlar, bu çocukların annesi ölüyor, üç çocuk aç, şimdi yardım edin, yoksa öleceğim, yavrularımı unutmayın, hayırsever insanlar, ben de sizi öteki dünyada unutmam." Ee, ne olacak; durum belli, hayati bir durum, peki ben ne vereceğim ona? Ona hiçbir şey vermedim. Ama nasıl üzüldüm! Yoksul çocuk, soğuktan, belki de açlıktan bitmiş durumda ve yalan söylemiyor, hayır hayır, yalan söylemiyor; bu durumu bilirim. Ama çocukların bu iğrenç annesinin ne diye saklandığını ve onları yarı çıplak halde bu soğukta mektuplarla etrafa gönderdiğini anlamak mümkün değil. Belki aptal bir kocakarıdır, karaktersizdir; belki onun için kaygılanan kimse yoktur, ayaklarını kıvırmış oturuyordur, belki gerçekten hastadır. Neyse, yine de ilgili yerlere başvurmak gerekir; fakat, belki de, sadece üçkâğıtçıdır, kasten aç ve sıska çocukları hasta ediyor, halkı kandırmak için gönderiyordur. Bu mektupları taşıyan yoksul çocuk ne öğreniyor? Sadece kalbi katılaşıyor; dolanıyor, koşuyor, yalvarıyor. İnsanlar gelip geçiyor, ona hiç aldırmıyor. Kalpleri taş olmuş; dilleri acımasız. "Defol! Çekil! Yaramaz!" İşte bunları duyuyor herkesten ve kalbi katılaşıyor çocuğun, zavallı, ürkek çocuk soğukta, yuvasından düşmüş yavru kuş gibi boş yere titriyor. Bir bakıyorsun, öksürüyor; üzerine çullanmak için bekliyor hastalık, tıpkı alçak bir sürüngen gibi, göğsüne hücum ediyor, oraya yerleşiyor, bir bakıyorsun ölüm tepesine dikilmiş, karanlık bir köşede durduruyor, çıkış yok, yardım eden yok, işte bütün hayatı bu! İşte böyle, bu da onun yaşamı oluyor! Ah, Varenka, "İsa aşkına" dendiğini duymak ve yanından geçmek, hiçbir şey vermeyip, "Tanrı versin," demek çok acı verici bir şey. Bazı "İsa aşkına"ların etkisi olmuyor. ("İsa aşkına"lar da çeşit çeşit olur, canım.) Bazıları uzun, ağır, sıradan, ezberden, tam dilenci sızlanmasıdır; ona bir şey vermemek acı vermez, o uzun zamandır dilencidir, eski, meslekten dilencidir, bu alışık, diye düşünürsün, bu bir yolunu bulur, yolunu nasıl bulacağını bilir. Ama bazı "İsa aşkına"lar alışılmadık olur, kaba, korkunç olur; işte bugün, çocuktan mektubu aldığım zaman, çitin hemen dibinde biri duruyordu, herkesten de istemiyordu, bana, "Bir kuruş versene beyefendi, İsa aşkına!" dedi, ama öyle kesik kesik, kaba bir sesle söyledi ki, korkunç bir duyguyla irkildim, yine de para vermedim; yoktu. Zaten zengin insanlar yoksulların kötü kaderlerinden seslice yakınmasını sevmez –yani, birileri rahatsız olur, birileri de sızlanır! Yoksullar hep sızlanır– uyumaya kalkarsın, onların aç iniltileri uykuna engel olur!

Bir tanem, size itiraf edeyim, bütün bunları size anlatmaya başlamamın sebebi kısmen kalbimi ferahlatmak, ama daha da önemlisi size yaratıcılığımın yüksek üslubuna bir örnek sunabilmek. Çünkü siz, herhalde, kendiniz de kabul edersiniz ki canım, bir süre önce kendime has bir üslubum oluştu. Ama şimdi üzerime öyle bir sıkıntı çöktü ki, düşüncelerimi canı gönülden hissetmeye başladım ve canım, bununla bir yere varamaz insan, ama yine de bir parça kendi kendine değer vermeli. Gerçekten, bir tanem, sık sık kendi kendimi hiç neden yokken perişan ediyorum, kendime hiç değer vermiyorum ve bir taş parçasından değersiz sayıyorum. Bunu bir benzetmeyle dile getirirsek, belki de bunun nedeni, benim benden sadaka isteyen şu yoksul çocuk gibi itilip kakılmış olmamdır. Örneğin, şimdi size alegorik bir şekilde söyleyeyim canım; beni bir dinleyin; dinleyin beni, bir tanem, sabahın erken vaktinde, işe telaş ederken, şehre bakarım, onun nasıl uyandığını, kalktığını, duman çıkardığını, kaynadığını, kükrediğini seyrederim, bazen böyle bir manzaranın karşısında insan küçülür, sanki meraklı burnuna fiske yemiş gibi olur ve elini sallar, kendi yolunda sudan sessiz, otlardan alçak bir tavırla ilerler! Şimdi bakınız etrafınıza, bu kara, isli, büyük, kocaman binalarda neler oluyor? Bunu anlarsanız eğer o zaman kendiniz karar verirsiniz, anlamsızca kendinizi sınıflandırmanın ve değersiz bir utangaçlığa kapılmanın haklı olup olmadığını. Şuna dikkat edin Varenka, düz anlamda söylemiyorum, mecazi bir şekilde konuşuyorum. Haydi, bir bakalım, ne var bu binalarda? Şu dumanlı köşede, ihtiyaç yüzünden ev niyetine sayılan ıslak bir kulübede, bir işçi rüyasından uyanıyor; rüyasında da, mesela, bütün gece çizme görmüş, dün kazara kestiği çizmeyi görmüş, sanki insan rüyasında böyle bir saçmalık görmek zorundaymış gibi! Fakat sonuçta o bir işçi, bir çizmeci; hep aynı şeyi düşünmesi hoş görülebilir. Cıvıl cıvıl çocukları ve aç bir karısı da var orada; ve bir tek çizmeciler böyle kalkmaz, bir tanem. Öyle olsa önemsiz olurdu, bunu yazmaya değmezdi, ama canım, orada durum bakın nasıldır: Orada, aynı binada, bir üst ya da alt katta, yaldızlı odalarda zengin bir şahıs da çizmeler görür belki bütün gece rüyasında, yani başka tür bir çizme görür, başka model bir çizmedir bunlar, ama yine de çizmedir; çünkü benim burada kastetmek istediğim şu, canım, hepimiz, bir tanem, biraz çizmeci gibiyiz. Ama bütün bunlar önemsiz, ama bu zengin şahsın yanında onun kulağına fısıldayacak, "Yeter böyle düşünmek, bir tek kendini düşünmek, bir tek kendin için yaşamak yeter, sen çizmeci değilsin, senin çocukların sağlıklı, karının da bir ihtiyacı yok; çevrene bir bak, kaygılanmak için kendi çizmelerinden daha soylu bir şey görmüyor musun etrafında!" diyecek biri olmaması kötü asıl. İşte size mecazi olarak demek istediğim buydu, Varenka. Belki bu aşırı serbest fikirdir, bir tanem, ama bu fikir bazen geliyor, bazen ortaya çıkıyor ve o zaman ister istemez kalpten ateşli bir dil yükseliyor. Sırf gürültü ve gümbürtüden çekinip insanın kendisini bu yüzden de üç kuruşluk sayması kabul edilemez! Canım, bitirirken aklıma geldi, belki de size yalan söylediğimi düşünüyorsunuzdur ya da karamsarlığa kapıldığımı ya da bunu bir kitaptan alıp yazdığımı düşünüyorsunuzdur? Hayır, canım, güvensizlik ediyorsunuz – öyle değil; yalanı hor görürüm, karamsarlığa kapılmadım ve hiçbir kitaptan alıp yazmadım bunları – işte o kadar!

Eve kasvetli bir ruh haliyle geldim, masanın başına oturdum, kendime çay demledim, bir fincan çay içmeye hazırlandım. Sonra, birden, bir baktım, odama Gorşkov gelmiş, bizim yoksul kiracı. Sabahleyin onun kiracıların çevresinde dolandığını ve yanıma gelmek istediğini fark etmiştim. Bu arada şunu söyleyeyim, canım, onların yaşayışı benimkiyle kıyaslanır gibi değil. Mümkün değil! Bir eş, bir de çocuklar! Ben Gorşkov olsaydım, onun yerinde olsaydım ne yapacağımı hiç bilmiyorum! Neyse işte Gorşkov geldi, her zamanki gibi gözü yaşlı, burnunu çekiyor, ama bir şey söylemiyor. Onu sandalyeye oturttum, kırıktı sandalye, ama başka da yoktu. Bir fincan çay teklif ettim. Geri çevirdi, uzun süre geri çevirdi, sonunda aldı yine de bardağı. Şekersiz içmek istedi, ben ona şeker alması gerektiğini anlatırken yine özürler dilemeye başladı, uzun süre itiraz etti, geri çevirdi, sonunda bardağına küçücük bir parça şeker koydu ve çayın muhteşem bir şekilde lezzetli olduğunu söylemeye başladı. Ah, sefalet insanları ne kadar küçülmeye sürüklüyor! "Peki ne var, nedir istediğiniz canım?" dedim ona. "İşte böyle böyle," dedi, "siz velinimetimsiniz, Makar Alekseyeviç, bana bir efendilik edin, talihsiz aileme yardım edin; çocuklarım ve karımın elinde hiçbir şey yok; baba diyorlar bana, ama nerede!" Bir şey söylemek istedim, ama sözümü kesti: "Zaten buradaki herkesten korkuyorum Makar Alekseyeviç, yani korkmuyorum da, anlıyor musunuz, utanıyorum; hepsi de kibirli ve mağrur insanlar. Sizi rahatsız etmek istemezdim babacığım, velinimetim; biliyorum, sizin de başınızda tatsızlıklar var, biliyorum çok veremezsiniz, ama biraz olsun borç verseniz; size sormaya cesaret ettim, çünkü iyi kalbinizi biliyorum, sizin de ihtiyaçtan anladığınızı, yoksulluk nedir bildiğinizi... ve kalbinizde bu yüzden merhamet duygusu olacağını biliyorum." Sonunda da, "Benim cüretimi ve edepsizliğimi hoş görün Makar Alekseyeviç," diyerek bitirdi. Ona ruhen mutlu olduğumu, ama benim de elimde bir şey olmadığını, hemen hemen hiçbir şey olmadığını söyledim. "Babacığım, Makar Alekseyeviç," dedi bana, "sizden çok istemiyorum, yani böyle böyle," (o sırada kıpkırmızı olmuştu) "karım," dedi, "çocuklarım aç, birkaç kuruş olsun yeter." Benim kalbim alabildiğine sıkıştı. "Vay," dedim, "bu benden baskın çıktı!" Üzerimde sadece yirmi kapik kalmıştı, ama hesabımı ona göre yapmıştım; ertesi gün kendi acil ihtiyaçlarımı almak istiyordum. "Hayır, güvercinim, yapamam; durum ortada," dedim. "Babacığım, Makar Alekseyeviç, ne koparsa gönlünüzden," dedi, "on kapik de yeter." Yani, çekmeceyi açıp yirmi kopeğimi ona verdim, canım, iyi bir iş uğruna! Ah, tam sefalet! Ona şöyle dedim: "Peki, canımın içi," diye sordum, "bu kadar dara düşmüşsünüz, peki beş gümüş rublelik odayı nasıl kiralıyorsunuz?" Altı ay önce kiralayıp üç aylık parayı peşin ödediğini anlattı bana; sonra durum kötüye gitmiş, oradan buradan iş bulamamış, zavallı. Davasının bu sıralar sonuçlanmasını bekliyormuş. Davası da tatsız bir şey. Mahkemeye bir konuda hesap vermesi gerekiyormuş, Varenka. Hazineye ihale yapan bir tüccarla davası varmış; bir hile ortaya çıkmış, tüccar mahkemeye düşmüş, ama tüccar yaptığı haydutluğu Gorşkov'un üstüne yıkmış, o da işe böyle bulaşmış. Aslında Gorşkov sadece ihmal, dikkatsizlik ve devlet çıkarını gözetmemekten suçlanıyor. Birkaç yıldır dava devam ediyormuş: Gorşkov'un karşısına türlü türlü engel çıkmış. "Üzerime yıktıkları bu şey tam bir onursuzluk," diyor bana Gorşkov, "suçsuzum, hiçbir suçum yok, hile ve yağmaya karışmadım." Bu dava ona biraz leke sürmüş; onu işten çıkarmışlar ve resmen suçlu bulunmasa da, masumiyetini ispat edinceye kadar, hakkı olan ve mahkeme tarafından onaylanmış olan ciddi bir para toplamını tüccardan alamıyor. Ona inanıyorum, ama mahkeme onun sözüne inanmıyor; dava da her yerinden dolanıp karman çorman olmuş, yüz yıl çözmenin imkânı yok. Biraz çözülecek gibi oluyor, ama tüccar bir düğüm daha atıyor. Gorşkov'a vicdanen katılıyorum, bir tanem, acısını paylaşıyorum. İşsiz bir adam; hiçbir yerden umudu yok; birikim harcanmış; dava sürüyor, ama bu arada yaşamak da lazım; buna rağmen hiç beklenmedik bir şekilde bir bebek doğmuş, masraf; oğlan hastalandı masraf; öldü ayrı masraf; karısı hasta; o da müzmin bir hastalığa sahip; kısacası, çekiyor, çok çekiyor.

Fakat, dediğine göre, birkaç gün içinde davadan hayırlı bir karar bekliyormuş ve artık bundan hiç şüphesi yok. Yazık, yazık, çok yazık ona, canım! Şefkatli davrandım ona. Bitkin, şaşkın bir adam; bir koruyucu arıyor, ben de yakınlık gösterdim ona. Neyse, hoşça kalın canım, İsa sizinle olsun, sağlığınız bozulmasın. Güvercinim benim! Sizi hatırlamak benim hasta ruhuma ilaç gibi geliyor ve sizin için ıstırap çekiyorum, ama bu ıstırap bana hafif geliyor.

Samimi dostunuz,
Makar Devuşkin

9 Eylül

Canım, Varvara Alekseyevna,

Size kendimi kaybetmiş bir halde yazıyorum. Korkunç olaylarla heyecan içindeyim. Başım dönüyor. Çevremdeki her şey dönüyormuş gibi. Ah, bir tanem, size şimdi neler anlatacağım! Biz bunu öngöremedik. Hayır, inanmıyorum bunu öngöremediğime; bunların tahmin etmiştim. Bütün bunları daha önceden hissetmişti kalbim! Hatta uykumda bile buna benzer şeyler görmüştüm.

İşte oldu! Size üsluba kaçmadan anlatayım, Tanrı ruhuma nasıl üflerse öyle. Bugün işe gittim. Gittim, oturdum, çalışıyorum. Ama şunu bilmeniz lazım, canım, dün akşam da çalışmıştım. Yani, akşamleyin Timofey İvanoviç geldi ve önemli, acil bir evrak hazırlamak gerektiğini bizzat emretti. "Temize çekin," dedi Makar Alekseyeviç, "temiz, acele ve dikkatle yazın; hemen imzaya gidecek." Size şunu da belirtmeliyim, meleğim, dün akşam kendimde değildim, hiçbir şeye bakmak istemiyordum; hüzün, kasvet çökmüştü üzerime! Kalbim soğuk, ruhum karanlıktı; aklımda hep siz vardınız, zavallı güzelim. Neyse, temize çekmeye koyuldum; temiz, güzel bir şekilde yazdım, ama size nasıl anlatmalı, bilmiyorum, karanlık bir şey bulaştı bana ya da gizli bir kaderin belirlemesiyle ya da sadece böyle olacağı için... tam bir satır atlamışım; anlam da Tanrı bilir ne hale gelmiş, kalmamış yani. Evrağı dün akşam yetiştiremediler ve onu imza için ancak bugün çıkarabildiler Majesteleri'ne. Ben de hiçbir şey olmamış gibi işe her zamanki saatte gittim ve Emelyan İvanoviç'in yanındaki yere yerleştim. Bir tanem, bir süredir eskisinden iki kat daha çok utanıyor, çekiniyordum gitmeye. Son zamanlarda da kimseye bakamıyordum bile. Birinin sandalyesi gıcırdasa, korkudan kendimi kaybediyordum. İşte bugün de öyleydi, sinmiştim, sessizdim, diken üstünde oturuyordum ki Efim Akimoviç (böyle bir sataşma yeryüzünde görülmemiştir) yüksek sesle, "Ne o, Makar Alekseyeviç, niye öyle çıtkırıldım oturuyorsunuz?" diyerek öyle bir sırıttı ki herkes, onun ve benim çevremdeki herkes kahkahadan kırıldı, tabii bana gülüyorlardı. Ve durmadılar, hiç durmadılar! Kulaklarımı tıkadım, gözlerimi kapadım, kimseye karışmadan kendi başıma oturdum. Böyle bir alışkanlığım var; o zaman hemen rahat bırakıyorlar. Birden bir gürültü, koşuşturma, telaş duydum; duydum ama inanamadım, kulaklarım beni yanıltmasın? Bana sesleniyorlar, beni çağırıyorlar, Devuşkin diyorlar. Kalbim hızlı hızlı atmaya başladı ve neden ürktüğümü bilmiyordum bile; sadece ürktüğümü, hayatımda hiç ürkmediğim kadar çok ürktüğümü biliyordum. Oturduğum sandalyede büzüldüm, sanki hiçbir şey olmamış, sanki ben değilmişim gibi. Ama yine yükseldi sesler, gitgide yaklaştı. İşte tam kulağımın dibinde, "Devuşkin! Devuşkin! Devuşkin nerede?" dediler. Gözlerimi kaldırdım: Karşımda Evstafi İvanoviç duruyor; konuşuyor: "Makar Alekseyeviç, hemen Majesteleri'nin yanına, hemen! Evrağı rezil etmişsiniz!" Bir tek bunu söyledi, ama yetti, doğru değil mi, canım, söylenmesi bile yetmez mi? Öldüm, buz kestim, hissiz kaldım, yürümeye başlamıştım ama ne yaşıyordum ne de ölüydüm o anda. Beni bir odadan geçirdiler, sonra bir başkasından, üçüncü bir odadan daha geçerek çalışma odasına ulaştım! O sırada aklımdan ne geçtiği konusunda doğru dürüst bir rapor vermeme imkân yok. Baktım, Majesteleri orada duruyor, herkes çevresine toplanmış. Sanırım, selam vermeyi de unuttum. Şaşkına dönmüştüm; dudaklarım, ayaklarım titriyordu. Neden derseniz: Birincisi, utanç; sağdaki aynaya baktım, orada gördüğüm şey aklımı kaçırmaya yeterdi. İkincisi, hep böyle davranırdım, yeryüzünde sanki hiç yokmuşum gibi yapardım. Majesteleri de varlığımdan haberdar değildi belki. Belki, duymuştu, ofisinde bir Devuşkin olduğunu belli belirsiz söylemişlerdi; ama onunla küçücük bir ilişkisi bile olmamıştı hiç.

Öfkeyle söze başladı. "Bunu nasıl yaptınız, bayım! Gözünüz görmüyor mu? Önemli evrak, acele hazırlanması gerekli, ama siz rezil etmişsiniz. Nasıl yapabildiniz bunu," derken Majesteleri, Evstafi İvanoviç'e döndü. Ben sadece bana kadar ulaşan sesleri dinliyordum: "Yeteneksizlik! Dikkatsizlik! Tatsızlık çıkarıyorsunuz!" Bir şey için ağzımı açtım. Af dilemek istiyordum, ama yapamadım, kaçayım dedim, denemeye bile cesaret edemedim ve o sırada... o sırada, olan oldu, şimdi bile utançtan kalemi elimde zar zor tutuyorum. Benim düğmem –şeytan alsın onu– bir iplik ucunda duran düğmem... birdenbire koptu, sekti, sıçradı (anlaşılan kazara çarpmıştım ona), çınladı, yuvarlandı ve doğruca, öyle doğruca, lanetli düğme, Majesteleri'nin ayaklarının dibine gitti ve bütün bunlar tam bir sessizliğin ortasında oldu! İşte bütün açıklamam, bütün özürüm, bütün yanıtım, Majesteleri'ne söylemeye hazırlandığım her şey buydu! Sonuçları korkunç oldu! Majesteleri hemen benim şahsıma ve kılığıma yöneltti ilgisini. Aynada ne gördüğümü hatırladım; düğmeyi tutmak üzere öne atıldım! Aptallaşmıştım! Düğmeyi almak için uzandım ama kaydım, yuvarlandım, yakalayamadım, kısacası, becerilerimden yoksundum. O sırada kalan son gücümün de beni terk ettiğini hissettim, artık her şey, her şey bitmişti! Bütün itibarımı kaybetmiştim, bütün insanlığım yerle bir olmuştu! Bir yandan da iki kulağımda hem Tereza hem Faldoni çınlıyordu. Sonunda düğmeyi yakaladım, kalktım, kenara çekildim, iyi de, aptal, bari sakin sakin dur, elim böğründe olsun! Olmaz; düğmeyi kopan ipliğe bağlamaya başladım, sanki orada duracakmış gibi; bir yandan da gülümsüyorum. Hatta sırıtıyorum. Majesteleri önce başını çevirdi, sonra tekrar baktı bana, sonra Evstafi İvanoviç'le konuştuğunu duydum: "Nasıl olur?.. Baksanıza, bu ne kılık!.. Nasıl olur!.. Ne bu böyle!.." Ah bir tanem, bu da ne böyle, nasıl olur? Evet, ne bu böyle? Yakalandın! Evstafi İvanoviç'in konuştuğunu duyuyorum: "Zararsızdır, kimseye zararı olmaz, düzgün davranır, maaşı yeterli, derecesine göre..." "Onu biraz rahatlatalım," dedi Majesteleri. "Ona avans verelim..." "Ama aldı," dediler, "aldı, bir süre önce almıştı. Bir sıkıntısı var herhalde, yoksa davranışları düzgündür, zararsızdır, hiç zarar vermez." Meleğim, ben, yanıyordum, cehennem ateşinde yanıyordum! Öldüm! "Peki," dedi Majesteleri yüksek sesle, "hemen bir daha yazılsın; Devuşkin, gelin buraya, bu kez hatasız bir daha yazın; ama bir dakika..." Bu sırada Majesteleri diğerlerine döndü, çeşitli emirler verdi hepsi dağılıp gitti. Onlar gidince Majesteleri telaşla cüzdanından yüz ruble çıkardı. "Alın," dedi, "elimden gelen, nasıl isterseniz öyle harcayın..." Ve elime sıkıştırdı. Meleğim, sarsıldım, bütün ruhum sarsıldı; bana ne oldu bilmiyorum; kendisinin elini tutmak istedim. Ama o da kıpkırmızı olmuştu, güvercinim, evet, doğruluktan şaşmış bir tek saç telim bile yoktur, bir tanem; benim değersiz elimi tuttu, onu sıktı, böyle eliyle sıktı, sanki akranıymışım gibi, sanki onun gibi bir generalmişim gibi. "Gidin," dedi, "elimden gelen bu. Hata yapmayın, bu kez ucuz atlattık."

Canım, artık şöyle karar verdim: Sizden ve Fedora'dan rica edeceğim –çocuklarım olsaydı, onlara emrederdim– Tanrı'ya, öz babanız için değil, her gün ve sonsuza dek Majesteleri için dua edin. Yine söylüyorum, canım ve abartılı bir tavırla söylüyorum –dinleyin beni, canım, iyi dinleyin– yemin ederim, talihsizliğimizin acımasız günlerinde size, yoksulluğunuza ve kendime, kendi ezikliğime ve yeteneksizliğime bakarken, ruhsal utançtan ölüp ölüp dirilirdim, buna rağmen, size yemin ederim, benim için değerli olan şey yüz ruble değil, Majesteleri'nin bizzat kendisinin bir saman tanesinin, bir sarhoşun, benim gibi değersiz birinin elini sıkmaya tenezzül etmesi oldu! Bunu yaparak beni kendime getirdi. Bu davranışlarıyla ruhumu dirilttiler, hayatımı sonsuza dek daha tatlı kıldılar ve kesin olarak inanıyorum ki Yücelerin Yücesi karşısında ne kadar günahkâr olsam da, Majesteleri'nin mutluluğu ve refahı için ettiğim dualar onun tahtına kadar ulaşıyordur!..

Canım! Şimdi dehşetli bir ruh karışıklığı, dehşetli bir heyecan içindeyim! Kalbim çarpıyor, göğsümden fırlamak istiyor. Bütün gücüm eridi gitti sanki. Size o paradan kırk beş ruble gönderiyorum, yirmi rubleyi ev sahibesine vereceğim, geriye otuz beş kalıyor: yirmisi elbiseyi tamire gidiyor, on beşini de geçinmeye bırakıyorum. Bütün bu sabahki izlenimler benim varlığımı derinden sarstı. Uzanacağım. Fakat iyiyim, çok iyiyim. Sadece ruhum sızlıyor ve orada, derinlerde, ruhumun titrediği, ürperdiği, kıpırdandığı duyuluyor. Size geleceğim; ama şimdi bütün bu duygulardan sarhoş gibiyim... Tanrı her şeyi görüyor, canım benim, paha biçilmez güvercinim!

Saygın dostunuz,
Makar Devuşkin

10 Eylül

Sevgili Makar Alekseyeviç,

Sizin mutluluğunuza tarifsiz sevindim ve sizin amirinizin iyiliklerini takdir ediyorum, dostum. Artık acılarınızdan kurtulacaksınız! Ama tabii, Tanrı aşkına, boş yere para harcamayın. Tutumlu yaşayın, olabildiğince mütevazı yaşayın ve bugünden itibaren hep biraz olsun bir şeyleri bir kenara koyun ki talihsizlik sizi yine birdenbire yakalamasın. Bizim için, Tanrı aşkına, kaygılanmayın. Fedora'yla ben bir şekilde yaşarız. Ne için bize para gönderdiniz, Makar Alekseyeviç? Bize hiç de gerekli değil. Elimizdekiyle yetiniyoruz. Doğru, bu daireden taşınmak için acilen paraya ihtiyacımız var, ama Fedora eski bir alacağını almayı umut ediyor. Fakat, kendime acil ihtiyaçlar için yirmi ruble ayırıyorum. Geri kalanı da size gönderiyorum. Parayı alın lütfen Makar Alekseyeviç. Hoşça kalın. Artık huzurla yaşayın, sağlıklı ve neşeli olun. Size daha çok yazardım, ama korkunç bir yorgunluk hissediyorum, dün bütün gün yataktan kalkamadım. Gelmeye söz vererek iyi yaptınız. Beni ziyaret edin lütfen Makar Alekseyeviç.

V.D.

11 Eylül

Sevgili Varvara Alekseyevna,

Yalvarırım size, bir tanem, benden uzaklaşmayın şimdi, şimdi, tam da kesinlikle mutlu ve her şeyden hoşnut olduğum sırada. Güvercinim! Fedora'yı dinlemeyin, ben de sizin emrettiğiniz her şeyi yapacağım; düzgün davranacağım, sırf Majesteleri'ne olan saygımdan da kendime düzgün ve saygın bakacağım; biz yine birbirimize mutlu mektuplar yazacağız, birbirimize düşüncelerimizi açacağız, mutluluklarımızı, kaygılarımızı yazacağız, eğer kaygımız olursa; birlikte yaşayacağız; uyumlu ve mutlu. Edebiyatla ilgileneceğiz... Küçük meleğim! Benim kaderimde her şey değişti ve hep iyiye doğru değişti. Ev sahibesi daha sıcak davranıyor, Tereza daha akıllı, hatta Faldoni de biraz konuşkan oldu. Ratazyayev'le barıştık. Mutluluktan, ben bizzat gittim ona. Doğrusu, biraz iyi oldu, canım, onun hakkında söylenen kötü şeyler, hepsi saçmalıktı. Şimdi anladım bunların hep iğrenç iftiralar olduğunu. Bizi yazmayı hiç düşünmemiş: bana kendisi söyledi. Yeni eserini okudu bana. Bana Lovelace demesine gelince; bu da bir hakaret ya da edepsiz bir şey değilmiş, bunu da açıkladı bana. Bu söz birebir olarak yabancı dilden aktarılmış ve "çapkın çocuk" anlamına geliyor ve daha güzel, daha edebî söylemek gerekirse, "yere bakan, yürek yakan." İşte, hepsi bu, başka bir şey değil. Masum bir şakaymış, küçük meleğim. Cahillik ettim, aptallık edip gücendim. Ama artık onun önünde ben özür dileyeceğim... Hava da bugün harika, Varenka, öyle güzel ki. Doğrusu, sabahleyin biraz değişti, soğuk oldu. Çizme almaya gittim ve harika çizmeler aldım. Neva Bulvarı'nda gezdim. *Arıcık*[1] okudum. Ah! En önemli şeyi de anlatmayı unutacaktım size.

Bakın ne olmuş:

Bu sabah Emelyan İvanoviç ve Aksent Mihayloviç'le Majesteleri hakkında konuştum. Evet, Varenka, kendileri bir tek bana şefkatli davranmamış. Sadece bana iyilik etmemiş ve kalplerinin iyiliğini bütün dünyaya ilan etmişler. Birçok mevkiden onun şerefine övgüler yükseliyor, minnettarlık gözyaşları dökülüyor. Zatıâlileri yetim

1. Petersburg'da 1825-1864 arasında yayımlanan *Severnaya Pçola* (Kuzey Arısı) adlı tutucu dergi kastediliyor. Gogol, *Bir Delinin Güncesi* adlı kitabında, bu gazeteyle "klasik memur gazetesi" diyerek alay etmişti. (Y.N.)

bir kız yetiştirmişler. Onun bir yere yerleştirilmesini emretmişler; ünlü biriyle, özel bir görevle Majesteleri'ne bağlı olarak çalışan bir memurla evlendirmişler. Bir dul kadının oğlunu da bir şubeye yerleştirmişler ve daha birçok hayır gerçekleştirmişler. Canım, ben de buna katkı yapmayı bir sorumluluk saydım, orada bulunan herkese Majesteleri'nin davranışını anlattım; her şeyi anlattım ve hiçbir şey saklamadım. Utancı cebime sakladım. Ne utancı olacak burada, böyle bir durumda gurur mu düşünülür! Böyle böyle diye anlattım bağıra çağıra, Majesteleri'nin şanına şan katılsın! Sürükleyici bir şekilde konuştum, ateşli bir şekilde konuştum ve kızarmadım, tersine böyle anlattığım için gurur duydum. Her şeyi anlattım (sizin hakkınızda sağduyulu davranıp sustum, canım), ev sahibemi, Faldona'yı, Ratazyayev'i, çizmeleri, Markov'u... hepsini anlattım. Birileri kıs kıs güldü, evet, doğru, hepsi kıs kıs güldü. Fakat bu benim görünüşüm yüzündendi, herhalde, gülünç bir şey buldular görünüşümde ya da çizmelerimde – tabii çizmelerimde. Ama çirkin bir niyetle yapmış olamazlardı bunu. Genç oldukları, belki de zengin oldukları için yaptılar; ama kötü, çirkin bir niyetle alay etmediler konuşmamla. Yani Majesteleri'ni düşünürsek, asla bunu yapmış olamazlar. Doğru değil mi, Varenka?

Şu vakte dek hâlâ kendime gelemedim, canım. Bütün bu olaylar beni serseme çevirdi! Sizin odununuz var mı? Üşümeyin, Varenka; uzun zamandır hastasınız. Ah, canım, kederli düşüncelerinizle beni mahvediyorsunuz. Tanrı'ya dua ediyorum, sizin için ona ne çok dua ediyorum, canım! Örneğin, yün çoraplarınız var mı, ya da daha sıcak tutacak elbiseleriniz var mı? Bakın, güvercinim. Eğer bir şeye ihtiyacınız varsa, hemen söyleyin, Tanrı aşkına, gücendirmeyin bu ihtiyarı. Açık ve rahat olun bana karşı. Artık kötü zamanlar geçti. Benim adıma kaygılanmayın. İleride her şey çok aydınlık olacak, güzel olacak!

Kederli zamanlar oldu, Varenka! Ama artık fark etmez, geçti artık! Yıllar geçiyor, bu zamanı iç çekip hatırlayacağız. Kendi gençlik yıllarımı hatırlıyorum. Heyhat! Bazen bir kapik olmazdı. Soğuk olurdu, açlık olurdu, ama neşeli olurdum, yeterdi. Sabahleyin Neva Bulvarı'nda gezerdik, güzel küçük bir yüzle karşılaşır, bütün gün mutlu olurdum. Enfes, enfes zamanlardı, canım! Yeryüzünde yaşamak güzeldir, Varenka! Özellikle de Petersburg'da. Dün gözyaşları içinde itiraf ettim yüce Tanrı'ya, bu kederli zamanda işlediğim günahlarımı affetmesi için yalvardım; hoşnutsuzluk, liberal fikirler, itişip kakışmalar ve hakaretler. Dua ederken sizi andım coşkulanarak. Bir tek siz, meleğim, korudunuz beni, bir tek siz teselli ettiniz, hayırlı öğütlerle ve emirlerle cesaretlendirdiniz beni. Canım, bunu asla unutamam. Sizin mektuplarınızın hepsini öptüm bugün, güvercinim! Neyse, hoşça kalın, canım. Buraya yakın bir yerde giyecek satıldığını söylüyorlar. Gidip bakacağım. Hoşça kalın, meleğim. Hoşça kalın.

Ruhunu size adamış olan,
Makar Devuşkin

15 Eylül

Sevgili Beyefendi Makar Alekseyeviç,

Korkunç bir heyecan içindeyim. Dinler misiniz, başımıza neler geldi. Biraz kötü bir şeyler seziyorum. Ama siz karar verin, değerli dostum: Bay Bıkov, Petersburg'da. Fedora karşılaşmış onunla. Arabayla gidiyormuş, arabaya durmasını emretmiş, Fedora'nın yanına gelmiş ve nerede oturduğunu sorgulamaya başlamış. Önce söylememiş o. Sonra Bıkov gülerek kimin yanında yaşadığını zaten bildiğini söylemiş. (Anlaşılan, Anna Fedorovna ona her şeyi anlatmış.) O zaman Fedora kendini tutamamış ve caddenin ortasında onu azarlamaya, ona sitem etmeye başlamış, onun ahlaksız bir adam olduğunu, benim yaşadığım talihsizliklerin sebebinin o olduğunu söylemiş. Bıkov da para olmayınca, doğal olarak, insan mutsuz olur diye yanıt vermiş. Fedora ona benim çalışarak yaşamaya cesaret edebileceğimi, evlenebileceğimi, ama olmazsa bir evde iş bulabileceğimi, ama artık mutluluğu sonsuza dek kaybettiğimi, hasta olduğumu ve yakında öleceğimi söylemiş. O da buna karşılık benim hâlâ çok genç olduğumu, aklımın hâlâ bulutlarda olduğunu ve bizim erdemimizin solduğunu (onun ifadesi bu) söylemiş. Fedora'yla ben onun bizim evi bilmediğini düşünüyorduk, ama dün, ben bir şeyler almak için Gostiniy Dvor'a gittiğim sırada, odamıza gelmiş; anlaşılan, beni evde bulmak istememiş. Uzun süre Fedora'ya nasıl geçindiğimizi sormuş; evdeki her şeyi gözden geçirmiş; benim yaptığım işlere bakmış, sonunda da sormuş: "Sizinle arkadaş olan şu memur nasıl biridir?" O sırada siz avludan geçiyormuşsunuz; Fedora ona sizi göstermiş; o da bakıp gülmüş; Fedora ondan gitmesini rica etmiş, ona benim artık üzüntüden sağlığımı yitirdiğimi ve onu evde görmenin bana iyi gelmeyeceğini söylemiş. Ses çıkarmamış Bıkov; öylesine geldiğini, bir şey yapmaya gelmediğini söylemiş ve Fedora'ya yirmi beş ruble vermek istemiş; o da, doğal olarak, almamış. Ne demek bütün bunlar? Neden geldi bize? Anlayamıyorum, bizi nereden öğrenmiş olabilir, anlayamıyorum! Tahminlerimden sonuç çıkaramadım. Fedora bize gelip giden, çamaşırcı Nastasya'nın ahbabı olan görümcesi Aksinya olabilir diyor, Nastasya'nın amca tarafından yeğeni de Anna Fedorovna'nın yeğeninin bir arkadaşının çalıştığı dairede bekçilik yapıyormuş. Böylece yayılmış olmasın bir dedikodu? Fakat, Fedora yanılıyor da olabilir; ne düşüneceğimizi bilemiyoruz. Acaba bize gelir mi yeniden? Düşüncesi bile korkutuyor beni! Fedora dün bütün bunları anlattığı zaman, o kadar korktum ki korkudan düşüp kalacaktım sanki. Hâlâ ne istiyorlar benim gibi bir yoksuldan? Ah! Korku içindeyim şimdi; her an Bıkov içeri girecekmiş gibi geliyor. Ne yapacağım! Kader daha neler hazırlıyor bana? İsa aşkına, hemen bana gelin Makar Alekseyeviç. Gelin, Tanrı aşkına, gelin.

V.D.

18 Eylül

Canım, Varvara Alekseyevna,

Bugün evimizde katlanılması imkânsız derecede acı, hiçbir şeyle açıklanamaz ve beklenmedik bir olay yaşandı. Bizim yoksul Gorşkov (size belirtmem gerekiyor, canım) kesin olarak aklandı. Karar daha önce çıkmış, ama bugün Gorşkov kesin kararı dinlemeye gitmişti. Dava onun için çok mutlu bir şekilde sona erdi. Dikkatsizlik ve ihmal yüzünden ona isnat edilen suçların hepsi için kesin beraat kararı verildi. Tüccarın ona ciddi miktarda zarar ödemesi karara bağlandı, böylece durumunu ciddi bir şekilde yoluna koyacak, onuru üzerindeki lekeden de kurtulacak ve her şey yoluna girecek... kısacası, her istediği eksiksiz olarak gerçekleşti. Eve saat üçte geldi. Yüzü karman çormandı, kireç gibi bembeyazdı, dudakları titriyordu ama gülüyordu; karısını, çocuklarını kucakladı. Hepimiz onun odasında toplanıp onu tebrik ettik. Bizim davranışımızdan çok heyecanlandı, herkese eğilerek teşekkür etti, her birimizin elini birkaç kez sıktı. Hatta bana o büyümüş, dikleşmiş ve artık gözlerinde gözyaşları kalmamış gibi geldi. Heyecan içindeydi, zavallı. İki dakika yerinde duramıyordu; her şeyi tutup bırakıyor, sonra yine alıyor, Tanrı bilir neler söylüyordu – "Onurum, onur, ismimin itibarı, çocuklarım," diyordu – tekrar tekrar bunları söylüyordu! Hatta ağladı. Çoğumuz ağlamaklı olduk. Ratazyayev elbette onu cesaretlendirmek için şöyle dedi: "Ama cancağızım, elde bir şey olmayınca onur neye yarar; para, cancağızım, en önemlisi para; işte bunun için şükür edin Tanrı'ya!" Böyle derken de omzunu sıvazladı. Gorşkov gücenmiş gibi geldi bana, yani açıkça hoşnutsuzluğunu belli etmedi, ama Ratazyayev'e tuhaf bir şekilde bakıp elini omzundan indirdi. Daha önce böyle bir şey olmazdı, canım! Fakat, türlü türlü karakter var. Sözgelimi, işte ben, böyle mutluluklar karşısında kibirli davranmazdım; sonuçta, bir tanem, aşırı tevazu ve ezilip büzülme sadece ruhsal iyilik nöbetine yakalanmaktan ve kalbin aşırı yumuşak olmasından da kaynaklanabilir... ama, fakat, ben ne karışırım! "Evet, dedi, para da iyidir; Tanrı'ya şükür, Tanrı'ya şükür!" Onun odasında bulunduğumuz sürece hep, "Tanrı'ya şükür, Tanrı'ya şükür!.." deyip durdu. Karısı lezzetli ve bereketli bir yemek sipariş etti. Ev sahibemiz bizzat onlar için yaptı yemeği. Yemek vaktine kadar oturamadı yerinde Gorşkov. Ona seslensinler, seslenmesinler, bütün odaları dolaştı. Kendi odasına giriyor, gülümsüyor, sandalyeye oturuyor, bir şeyler söylüyor, bazen de hiç konuşmuyor, sonra çıkıyordu. Başçavuşun odasında oyun kartlarını aldı eline; onu oturtup dördüncü olarak oynattılar. Oynadı, oynadı, oyunda birtakım saçmalıklar yaptı, üç-dört el oynadı ve oynamayı bıraktı. "Hayır," dedi, "yani ben," dedi, "bu böyle olmaz," diyerek oradan çıktı. Koridorda benimle karşılaştı, iki elimi tuttu, dosdoğru gözlerimin içine baktı, tuhaf bir şey görüyormuş gibiydi; elimi sıkıp gitti, hep gülümsüyordu, ama ağır, tuhaf bir şekilde, sanki ölmüş gibi gülümsüyordu. Karısı mutluluktan ağlıyordu; hepsi bayram gibi neşeliydiler. Hızlı hızlı yemişler yemeği. Yemekten sonra da karısına, "Ruhum, izninle, ben biraz uzanacağım," demiş ve gidip yatağa yatmış. Kızını yanına çağırmış, elini başına koymuş ve uzun uzun çocuğun başını okşamış. Sonra yine karısına seslenmiş: "Petyonka nerede? Bizim Petyonka nerede?.." Karısı haç çıkarıp çocuğun ölmüş olduğunu söylemiş. "Evet, evet, biliyorum, hepsini biliyorum, Petyonka artık cennette." Karısı onun kendinde olmadığını, olayın onu sarstığını anlayarak ona şöyle demiş: "Ruhum, biraz uyusan." "Evet, iyi olur, şimdi... ben biraz," derken sırtını dönüp yatmış, bir süre sonra yan dönmüş, bir şey söylemek istemiş. Karısı anlayamayıp sormuş: "Ne dedin, hayatım?" Ama Gorşkov yanıt vermemiş. Kadın biraz daha beklemiş, uyuyakaldığını düşünüp bir saatliğine ev sahibesinin yanına gitmiş. Bir saat sonra dönmüş, bakmış, kocası hâlâ uyanmamış, hiç ses çıkarmadan yatıyor. Uyuduğunu düşünüp bir köşeye oturmuş ve iş yapmaya başlamış. Yarım saat çalıştığını ve birtakım düşüncelere daldığını, ne düşündüğünü bile hatırlamadığını, ama kocasını unutup gittiğini söylüyor. Sonra birden kaygılı bir hisle kendine gelmiş ve ilk olarak odadaki mezar sessizliği dikkatini çekmiş. Yatağa bakınca kocasının hep aynı halde yattığını görmüş. Yanına gitmiş, battaniyeyi çekip bakmış –adam artık buz gibiymiş– ölmüş canım; Gorşkov ölmüş, aniden ölmüş, sanki şimşek çarpmış gibi! Peki neden öldü, Tanrı bilir. Bu beni çok etkiledi Varenka, bu vakte dek kendime gelemedim. Bir insanın böyle sessiz sedasız ölebileceğine inanmak zor. Ne zavallı, ne talihsiz bir adammış bu Gorşkov! Ah, kader, böyle kader! Karısı ürkmüş, gözyaşları içindeydi. Küçük kız bir köşeye saklanmış. Orada tam bir koşuşturma yaşanıyor; tıbbi tahkikat yapılacak... Herhalde size anlatmam güç. Ama yazık, ah çok yazık! Ölümün ne gün ne de saat bildiğini düşünmek çok hüzünlü... Hiç yoktan ölüveriyor insan...

Sizin,
Makar Devuşkin

19 Eylül

Sevgili Bayan Varvara Alekseyevna,

Dostum, Ratazyayev'in bana bir yazardan iş aldığını bildirmek istiyorum hemen. Biri gelmiş ona, kalın bir elyazmasını getirmiş, Tanrı'ya şükür, bir sürü iş demek bu. Fakat öyle özensiz yazılmış ki, bu işin altından nasıl kalkacağımı bilemiyorum; hemen de istiyorlar. Neredeyse hiç anlamadığım bir şeyler yazmışlar... Yaprağı kırk kopeğe anlaştık. Bütün bunları size artık fazladan param olacağını söylemek için yazıyorum, bir tanem. Neyse, şimdi hoşça kalın, canım. Hemen işe koyulmam lazım.

Sadık dostunuz,
Makar Devuşkin

23 Eylül

Sevgili Dostum, Makar Alekseyeviç,

Üç gündür size bir şey yazamadım, dostum, bir sürü, bir sürü kaygım, bir sürü tedirginliğim vardı.

Üç gün önce Bıkov geldi. Tek başımaydım. Fedora bir yere gitmişti. Kapıyı açtım ve onu görünce o kadar ürktüm ki yerimden kıpırdayamadım. Bembeyaz olduğumu hissettim. Her zamanki gösterişli gülüşüyle içeri girdi, bir sandalye çekip oturdu. Uzun süre kendime gelemedim, sonunda bir köşeye işimin başına oturdum. Bir süre sonra gülmeyi kesti. Herhalde, halim onu etkilemişti. Son zamanlarda çok kötüleştim; yanaklarım ve gözlerim çöktü, mendil gibi bembeyaz oldum... Gerçekten, beni bir yıl önce tanıyanlar şimdi tanımakta güçlük çekiyor. Uzun süre ve dimdik baktı bana, sonunda yine neşelendi. Bir şeyler söyledi; ne yanıt verdiğimi hatırlamıyorum, o tekrar güldü. Bir saat oturdu benim yanımda;

uzun süre konuştu benimle; şunu bunu sordu. Sonunda, veda etmeden önce, elimi tuttu ve şöyle dedi (kelimesi kelimesine yazıyorum size): "Varvara Alekseyevna! Aramızda kalsın, akrabamız olan, benim de yakın bir tanıdığım ve arkadaşım olan Anna Fedorovna, alçak bir kadın." (Bu sırada onun için edepsiz bir sözcük kullandı.) "Sizin kuzeninizi yoldan çıkardı ve sizi mahvetti. Kendi payıma ben de bu durumda alçak bir rol aldım, ama bu da, yaşamın bir cilvesi."

Bunu derken cırtlak bir kahkaha attı. Sonra güzel konuşmanın üstadı olmadığını ve en önemlisi de bir açıklama yapmak gerektiğini ve asil davranmak adına susmaması gerektiğini belirterek kalan şeyleri de kısa kısa söyleyeceğini bildirdi. Bunu diyerek ellerimi arandı, bana benim onurumu yeniden kazandırmayı bir borç bildiğini, zengin olduğunu, beni düğünden sonra bozkırdaki köyüne götüreceğini, orada tavşan avlayacağını; artık Petersburg'a bir daha gelmeyeceğini, çünkü Petersburg'un iğrenç olduğunu, burada, Petersburg'da, kendi ifadesiyle, haydut bir yeğeni olduğunu, onu mirasından mahrum etmeye yemin ettiğini ve tam da bunun için, yani yasal bir vâris sahibi olabilmek için benim elimi istediğini, evlilik teklifinin başlıca sebebinin bu olduğunu söyledi. Sonra benim çok yoksul yaşadığımı, böyle bir barakada yaşarken hasta olmamın şaşırtıcı olmadığını, eğer bir ay daha böyle kalırsam benim için ölümün kaçınılmaz olduğunu belirtti, Petersburg'daki evlerin iğrenç olduğunu söyledi ve en sonunda da bir şeye ihtiyacım olup olmadığını sordu.

Teklifinden o kadar etkilenmiştim ki, neden olduğunu anlayamadan ağladım. Gözyaşlarımı minnettarlığıma verdi ve bana benim iyi, duygulu ve eğitimli bir genç kız olduğuma hep inandığını, ama daha önce böyle bir önlem almaya, benim bugünkü davranışlarımı, ayrıntısıyla öğrendikten sonra karar verdiğini söyledi. Bu sırada sizi sordu, her şeyi işittiğini, sizin soylu ilkelere sahip bir insan olduğunuzu, kendi adına size borçlu kalmak istemediğini söyleyerek benim için yaptığınız her şey için size beş yüz ruble vermenin yeterli olup olmadığını sordu. Ben ona sizin benim için yaptıklarınızın parayla ödenemeyeceğini açıklayınca, bana bunların saçmalık olduğunu, bütün bunların romanlarda ve şiirlerde olduğunu, genç olduğumu ve romanların genç kızları bozduğunu, kitapların terbiyeyi bozmaktan başka bir işe yaramadığını ve kitap görmeye dayanamadığını söyledi; onun kadar yaşayıp ondan sonra insanlardan bahsetmeyi tavsiye etti; "O zaman," diye ekledi, "insanları tanımış olacaksınız." Sonra onun teklifini iyice bir düşünmem gerektiğini söyledi, böyle önemli bir adımı düşüncesizce atmamın çok tatsız olacağını söyledi, düşüncesizlik ve uçarılığın deneyimsiz gençleri mahvettiğini, ama benim tarafımdan olumlu yanıt almayı çok istediğini, son olarak da, tersi durumda, Moskova'da bir tüccar kadınla evlenmek zorunda kalacağını söyledi, "... çünkü," dedi, "haydut yeğenimi mirastan reddetmeye kararlıyım."

Gergefimin üzerine zorla beş yüz ruble bıraktı, şeker almak için dedi; köyde börek gibi şişmanlayacağımı, orada yağın içinde yüzen peynir gibi olacağımı, artık çok telaşı olduğunu, bütün gün birtakım işlerle uğraşması gerektiğini ve iki iş arasında bana koşup geldiğini söyledi. Sonra gitti. Uzun zaman düşündüm, tekrar tekrar düşündüm, düşünmekten perişan oldum, dostum, sonunda kararımı verdim. Dostum, onunla evleneceğim, teklifini kabul etmek zorundayım. Eğer beni rezaletten kurtarabilecek biri varsa, onurlu ismimi bana geri verecek, yoksulluktan, yoksunluktan ve gelecekteki mutsuzluktan çıkaracak biri varsa, bir tek o. Gelecekten ne bekleyebilirim, kaderden ne isteyebilirim? Fedora kendi mutluluğumu kaybetmeme gerek olmadığını söylüyor; bu durumda neye mutluluk diyeceğiz, diyor. En azından kendim için başka bir yol bulamıyorum, değerli dostum. Ne yapacağım? Çalışıyorum ve bütün sağlığım bozuldu; sürekli çalışmam imkânsız. Birinin yanında işe girmek? Kederden tükenirim, kimsenin yanına gidemem. Doğuştan hastalıklıyım ve bu yüzden hep başkasına yük olacağım. Elbette, artık cennete de gidemem, ama ne yapacağım, dostum, ne yapacağım? Neyi seçeceğim ben?

Sizden öğüt vermenizi rica etmiyorum. Tek başıma düşünmek istedim. Sizin şu anda okuduğunuz karar değişmeyecek ve zaten kesin kararımı vermem için beni sıkıştıran Bıkov'a kararımı hemen açıklayacağım. İşlerinin beklemeyeceğini, gitmesi gerektiğini ve onları boş işler yüzünden erteleyemeyeceğini söyledi. Mutlu olup olmayacağımı Tanrı bilir. Onun, o aziz, sırrına erişilmez kudretinin elinde benim kaderim, ama kararımı verdim. Bıkov'un iyi biri olduğunu söylüyorlar; bana saygı gösterecek; belki de ben de ona saygı göstereceğim. Evliliğimizden başka ne beklenir ki?

Sizi her konuda bilgilendiriyorum, Makar Alekseyeviç. Benim kederimi anlayacağınıza inanıyorum. Beni niyetimden alıkoymayın. Boşa çaba harcarsınız. Beni böyle davranmaya sürükleyen şeyleri kalbinizde bir tartın. Önce çok kaygı duyuyordum, ama şimdi sakinim. İleride ne olacak, bilmiyorum. Ne olacaksa olacak; Tanrı nasıl yazdıysa!..

Bıkov geldi; mektubu bitirmeden bırakıyorum. Size daha bir sürü şey anlatmak istiyordum. Bıkov geldi artık!

V.D.

23 Eylül

Canım, Varvara Alekseyevna,

Canım, ben, hemen yanıt veriyorum; canım, ben, size şaşkınlık içinde olduğumu bildireceğim hemen. Bütün bunlar böyle... Dün Gorşkov'u gömmüştük. Evet, böyledir, Varenka, böyledir; Bıkov soylu davranmış; ama işte, görüyor musunuz, bir tanem, siz de kabul etmişsiniz. Elbette, hepsi Tanrı'nın iradesi; bu böyledir, bunun muhakkak böyle olması gerekir, yani burada muhakkak Tanrı'nın iradesinin olmuş olması gerekir; ve göklerdeki Yaratıcı'nın tasarısı elbette hayırlı ve tartışılmazdır, kaderler de öyle, onlar da hayırlı ve tartışılmazdır. Fedora da size katılıyor. Elbette, artık mutlu olacaksınız, canım, hoşnut olacaksınız güvercinim, bir tanem, sevgilimsiniz, meleğimsiniz benim; işte, görüyor musunuz Varenka, bu nasıl çabuk oldu?.. Evet, işler... Bay Bıkov'un işleri var; elbette, kimin işi yok, onun da işleri olabilir... Onu sizden çıkarken gördüm. Göz alıcı, göz alıcı bir adam; hatta çok göz alıcı bir adam. Ama bütün bunlar biraz, konu pek de onun göz alıcı bir adam olması değil, ben şimdi kendimde değilim pek. Fakat biz şimdi birbirimize nasıl mektup yazacağız? Ben, ben nasıl tek başıma kalacağım? Meleğim, ben, her şeyi tartıyorum, sizin bana yazdığınız gibi her şeyi tartıyorum kalbimde, bu nedenleri tartıyorum. Yirmi yaprağı yazmayı bitirdim ben, ama bu arada bu olaylar olmuş! Canım, madem siz şimdi gidiyorsunuz, sizin bir sürü alışveriş yapmanız gerekir, çeşitli ayakkabılar, elbiseler, bakın benim Gorohovaya'da tanıdığım bir dükkân var; hatırlayın, size ondan bahsetmiştim. Ama olacak şey değil! Nasıl yaparsınız, canım, nasıl? Şimdi gitmemeniz gerekir, kesinlikle olmaz, asla olmaz. Büyük alışverişler yapmanız lazım, araba da tutmak lazım. Bu arada hava da kötü; baksanıza, bardaktan boşanırcasına yağmur yağıyor ve böyle bir yağmurda, yani... üstelik, üşütürsünüz, meleğim; kalbiniz üşür! Siz korkuyordunuz yabancı bir insandan, ama gidiyorsunuz. Peki ben burada nasıl tek başıma kalacağım? İşte Fedora sizi büyük mutluluk beklediğini söylemiş... zaten tam bir kocakarıdır ve benim ölmemi ister. Bugün akşam ayinine gidecek misiniz, canım? Sizi görmüş olurdum. Canım, kesinlikle doğru, doğru sizin eğitimli, iyilikçi ve duygulu bir genç kız olduğunuz; ama keşke o gidip tüccar kadınla evlenseydi! Ne dersiniz? Keşke tüccar kadınla evlense! Varenka'cığım, hava kararınca ben size bir saatliğine gelirim hemen. Şimdi erken kararıyor hava, ben de geleceğim. Canım, kesinlikle bir saatliğine geleceğim bugün. Şimdi siz Bıkov'u bekliyorsunuz, o gidince, o zaman... Ama bekleyin, canım, geleceğim...

Makar Devuşkin

27 Eylül

Dostum, Makar Alekseyeviç,

Bay Bıkov, bana hemen üç düzine Hollanda kumaşından giysiye sahip olmam gerektiğini söyledi. İki düzinesi için terzi aramamız lazım hemen, zamanımız da çok az. Bay Bıkov öfkelendi, bu ıvır zıvırın çok ayak bağı olduğunu söyledi. Düğünümüz beş gün sonra, düğünden sonraki gün de gidiyoruz. Bay Bıkov telaş ediyor, saçmalıklarla çok vakit kaybetmemek gerektiğini söylüyor. Koşuşturmadan perişan oldum ve ayakta zor duruyorum. Korkunç iş var, doğrusu, bu hiç olmasa en iyisi olacaktı. Hatta, ipekli ve ipeksiz dantellerimiz yetmiyor, daha çok almak gerekecek, çünkü Bay Bıkov karısının aşçı kadın gibi gezmesini istemediğini söylüyor, benim kesinlikle, "bütün toprak sahibi eşlerini çatlatmam" gerekiyormuş. Bunu kendisi söyledi. İşte böyle, Makar Alekseyeviç, lütfen Gorohovaya'daki Madam Şifon'a uğrayın ve rica edin, birincisi bize terzi göndersin, ikincisi, bir zahmet kendisi de gelsin. Bugün hastayım. Yeni evimiz soğuk ve her şey darmadağın. Bay Bıkov'un teyzesi yaşlılıktan zor nefes alıyor. Biz gitmeden önce ölecek diye korkuyorum, ama Bay Bıkov önemsiz bu, kendine gelir diyor. Evimizde korkunç bir dağınıklık var. Bay Bıkov bizimle oturmuyor, hep birilerine gidiyor, Tanrı bilir nereye. Bu yüzden bir tek Fedora işlere bakıyor: Bay Bıkov'un her işe bakan oda uşağı daha üçüncü gün kim bilir nerelere kayboldu. Bay Bıkov her sabah geliyor, hep öfkeli ve akşamleyin evin kâhyasını dövdü, bu yüzden polisle bir tatsızlık yaşandı... Size mektup getirecek kimse de yok. Şehir postanesinden yazıyorum. Evet! Az kalsın en önemlisini unutuyordum. Madam Şifon'a söyleyin, *blonde*'ları[1] hemen tamir etsin, dünkü kalıba göre yapsın ve yeni seçimleri göstermek için bizzat gelsin bana. Ona bir de söyleyin, *canezou*[2] konusunu bir daha düşündüm; onu *crochet*[3] ile örmek gerekecek. Hatta, mendillerdeki armaların harfleri *tambour*'la[4] işlenecek; anlıyor musunuz? *Tambour*'la yapılacak, düz olmayacak. Bakın unutmayın, *tambour*'la! Bakın az kalsın unutuyordum! Pelerinin üzerindeki yapraklar kabartılmış, anten ve halkalar *cordonnet*[5] işlensin, sonra yakaya dantel ya da geniş farbala dikilsin. Lütfen söyleyin bunları, Makar Alekseyeviç.

Sizin,
V.D.

1. (Fr.) İpek dantel. (Y.N.)
2. (Fr.) Kolsuz bluz. (Y.N.)
3. (Fr.) Tığ. (Y.N.)
4. (Fr.) Gergef, kasnak. (Y.N.)
5. (Fr.) Kordone. (Y.N.)

Hamiş: Sizi hep siparişlerimle bıktırdığım için vicdan azabı çekiyorum. Üç gündür sabahtan akşama koşturuyorsunuz. Ama ne yaparsınız! Evimizde hiçbir düzen yok, ben de sağlıksızım. Yani bana kızmayın Makar Alekseyeviç. Ne keder! Ah, ne olacak böyle, dostum, tatlım, iyi yüreklim Makar Alekseyeviç? Ben geleceğime bakmaya korkuyorum. Hep bir şeyler seziyorum ve sanki bir dumanın içinde yaşıyor gibiyim.

Hamiş: Tanrı aşkına, dostum, size şimdi söylediklerimi unutmayın. Hata yaparsınız diye çok korkuyorum. Unutmayın, düz olmayacak, *tambour*'la yapılacak.

V.D.

27 Eylül

Sevgili Hanımefendi Varvara Alekseyevna,

İsteklerinizin hepsini dikkatle yerine getirdim. Madam Şifon kendisinin de *tambour*'la dikmeyi düşündüğünü söyledi; bu daha saygın olur dedi, bilmiyorum, orasını çok iyi anlayamadım. Bir de, siz orada farbala yazmışsınız, o da farbaladan bahsetti. Fakat ben unuttum canım, onun bana farbala hakkında ne dediğini. Tek hatırladığım, bir sürü şey söylediği; ne kadar iğrenç bir kocakarı! Ne diyor böyle? Zaten kendisi size anlatacak. Canım, ben iyice sersemledim. Bugün işe de gitmedim. Fakat siz, bir tanem, bence boş yere kaygılanıyorsunuz. Sizin huzurunuz için bütün dükkânları dolaşmaya hazırım. Gelecekte neler olacağından korktuğunuzu yazıyorsunuz. Zaten bugün saat yedide hepsini öğreneceksiniz. Madam Şifon bizzat size gelecek. Kaygılanmayın yani; umutlu olun, canım; belki her şey daha iyi olur, yani. Ama şunu diyeyim, bu farbala denen şeye lanet olsun; ah, nedir bu farbala, farbala! Size koşup gelecektim, meleğim, koşup gelecektim, hemen koşup gelecektim; sizin binanızın kapısına iki kez geldim. Ama hep Bıkov, yani, demek istediğim, Bay Bıkov hep öyle sinirli ki, o oradayken yani... Neyse, aman boş verin!

Makar Devuşkin

28 Eylül

Sevgili Beyefendi, Makar Alekseyeviç,

Tanrı aşkına, hemen kuyumcuya koşun. Ona inci ve zümrüt taşlı küpe yapmasına gerek olmadığını söyleyin. Bay Bıkov bunun çok pahalı olduğunu, el yaktığını söylüyor. Öfkelendi; cebine dadandığımızı, onu soyduğumuzu söylüyor, dün de eğer önceden böyle masraflar çıkacağını bilseymiş, hiç temas kurmamış olacağını söyledi. Bizi nikâhladıkları zaman kalkıp gideceğimizi, konuk falan olmayacağını ve benim hoplayıp zıplayarak dans etmeyi en azından bayrama kadar hiç umut etmememi söyledi. İşte böyle diyor! Tanrı biliyor bana bütün bunların lazım olup olmadığını! Bay Bıkov kendisi sipariş etmişti hepsini. Ona yanıt vermeye de cesaret edemiyorum; böyleyken çok sinirli oluyor. Ne yapacağım ben?

V.D.

28 Eylül

Güvercinim, Varvara Alekseyevna,

Kuyumcu, tamam, diyor; ama ben kendi adıma hasta olduğumu ve yataktan kalkacak halde olmadığımı söylemeliyim. Tam da böyle telaşlı, zaruri bir vakitte soğuk algınlığı çullandı, olacak şey değil! Bir de size bildirmek zorundayım ki talihsizliklerim tam olsun diye Majesteleri sert olmaya karar verdiler ve Emelyan İvanoviç'e uzun uzun öfkelenip bağırdılar, zavallı adam neredeyse korkudan ölecekti. İşte size her şeyi haber veriyorum. Size bir şeyler daha yazmak isterdim, ama sizi yormaktan korkuyorum. Zaten ben, canım, aptal, sıradan bir insanım, aklıma ne gelirse yazıyorum, belki de, siz orada bir şeye ve böyle... neyse, aman boş verin!

Sizin olan,
Makar Devuşkin

29 Eylül

Varvara Alekseyevna, Bir Tanem,

Bugün Fedora'yı gördüm, güvercinim. Sizin yarın evleneceğinizi söyledi, öbür gün de gidiyormuşsunuz, Bay Bıkov atları kiralamış bile. Majesteleri'nden bahsetmiştim size, canım. Bir de, Gorohovaya'daki dükkânın faturasını gözden geçirdim; hepsi doğru, ama çok pahalı. Fakat Bay Bıkov ne diye size öfkeleniyor? Neyse, mutlu olun, canım! Ben mutluyum; evet, mutlu olacağım, eğer siz de mutlu olacaksanız. Kiliseye gelirdim, canım, ama gelemem, belim ağrıyor. Ama ben de mektuplarımızı düşünüyorum: Şimdi kim onları getirip götürecek, canım? Evet! Fedora'ya çok iyilik yapmışsınız, bir tanem! İyi bir şey yapmışsınız, dostum; bunu çok iyi yapmışsınız. İyi bir şey! Yaptığınız her iyi iş için Tanrı sizi mükâfatlandıracaktır. İyi işler ödülsüz kalmaz, iyilik yapanlar hep Tanrı'nın adaletinin tacını takar, er ya da geç. Canım! Size çok şey yazmak isterdim, yani her saat, her dakika her şeyi yazardım, her şeyi yazardım! Bende bir kitabınız kaldı, *Biyelkin'in Hikâyeleri*, ama siz, canım, almayın onu benden, hediye edin bana, güvercinim. Kitabı yine okumak istediğimden değil. Ama siz de biliyorsunuz, canım, kış geliyor; geceler uzun olacak; hüzünlü olacak, işte o zaman okunur. Canım, ben evimden çıkıp sizin eski eve taşınacağım ve Fedora'dan yer kiralayacağım. Bu onurlu kadından artık asla ayrılmam; bu kadar çalışkan bir kadından. Sizin boşalttığınız eve dün ayrıntılı bir şekilde baktım. Sizin gergefiniz, üzerinde işlemesiyle bir yerde dururdu, hiç el değmemiş bir halde duruyor: köşede. İşlemenize baktım. Orada ıvır zıvır bir şeyler daha kalmış. Benim bir mektubuma iplik dolamaya başlamışsınız. Sehpada bir kâğıt buldum, üzerinde şöyle yazıyordu: "Sevgili Bay, Makar Alekseyeviç, aceleyle"... Hepsi bu. Anlaşılan, en ilginç yerde birisi size engel olmuş. Köşede paravanın arkasında küçük yatağınız duruyor... Küçük güvercinim!!! Neyse, hoşça kalın, hoşça kalın; Tanrı aşkına, bu mektuba acilen bir yanıt verin.

Makar Devuşkin

30 Eylül

Paha Biçilmez Dostum, Makar Alekseyeviç,

Her şey bitti! Benim kaderim bağlandı; nasıl olacak bilmiyorum, ama Tanrı ne buyurursa öyle olacak. Yarın yola çıkıyoruz. Sizinle son kez vedalaşıyorum, paha biçilmez dostum, velinimetim, bir tanem! Benim için acı çekmeyin, mutlu yaşayın, hatırlayın beni ve Tanrı'nın hayırduası üzerinizde olsun! Düşüncelerimde, dualarımda sizi sık sık hatırlayacağım. İşte böyle bitti bu vakit! Geçmiş hatıralardan yeni hayatıma taşıdığım kayda değer çok az şey var; en değerlileri sizinle ilgili hatıralar olacak, kalbimdeki en değerli şey siz olacaksınız. Biricik dostumsunuz benim; bir tek siz sevdiniz beni. Her şeyi gördüm, sizin beni nasıl sevdiğinizi de biliyordum! Benim bir tek gülüşümle mutlu oluyordunuz, bir tek satır mektubumla. Şimdi benden vazgeçmeniz gerekecek! Tek başınıza burada nasıl kalacaksınız! Kiminle kalacaksınız, iyi, paha biçilmez, biricik dostum benim! Size kitabı bırakıyorum, işlemeyi, yarım kalmış mektubu bırakıyorum; bu yarım kalmış satıra baktığınız zaman, aklınızdan geçireceksiniz sonraki satırları, benden duymak ya da okumak istediklerinizi aklınızdan geçireceksiniz, sanki ben yazmışım gibi; neyi yazmadıysam şimdi! Hatırlayın zavallı Varenka'nızı, böyle güçlü bir şekilde sevdiğiniz kızı. Bütün mektuplarınız Fedora'daki komodinde, üst çekmecede kaldı. Hasta olduğunuzu yazmışsınız, Bay Bıkov da bugün beni hiçbir yere bırakmaz. Size yazacağım, dostum, söz veriyorum, ama neler olabileceğini bir tek Tanrı bilir. İşte, sonsuza dek vedalaşalım şimdi, dostum, güvercinim, bir tanem, sonsuza dek!.. Ah, şimdi nasıl sarılırdım size! Hoşça kalın, dostum, hoşça kalın, hoşça kalın. Mutlu yaşayın; sağlıklı olun. Benim dualarım sonsuza dek size dair olacak. Ah! Ne kadar hüzünlüyüm, nasıl eziliyor bütün ruhum. Bay Bıkov çağırıyor beni.

Sizi sonsuzca seven,
V.

Hamiş: Ruhum öyle dolu, öyle dolu ki gözyaşlarıyla... Gözyaşları eziyor, parçalıyor beni. Hoşça kalın. Tanrım! Ne kadar hüzünlü! Hatırlayın, hatırlayın yoksul Varenka'nızı!

Canım Varenka, Güvercinim, Paha Biçilmezim,

Sizi çağırıyorlar, siz de gidiyorsunuz! Ama şimdi sizi benden alacaklarına, göğsümden kalbimi söküp alsalardı daha iyi olurdu! Nasıl yapıyorsunuz bunu! Hem ağlıyorsunuz, hem de gidiyorsunuz?! İşte sizden mektubu az önce aldım, gözyaşından sırılsıklam. Demek, gitmek istemiyorsunuz; demek, sizi zorla götürüyorlar, demek, bana üzüldünüz, demek, beni seviyorsunuz! Nasıl olacak, kiminle olacaksınız artık? Sizin küçük kalbiniz hüzünlü, bulanık ve soğuk olacak. Keder yiyip bitirecek onu, hüzün parçalara ayıracak. Öleceksiniz orada, orada ıslak toprağa koyacaklar sizi; sizin için ağlayacak kimse olmayacak! Bay Bıkov hep tavşan kovalayacak... Ah, canım, canım! Ne diye bu kararı verdiniz, nasıl böyle bir önlem almaya karar verebildiniz? Ne yaptınız, ne yaptınız, kendinize ne yaptınız! Orada sizi mezara götürüyorlar; sizi perişan edecekler orada, küçük meleğim. Canım, siz zaten tüy gibi zayıfsınız! Peki ben neredeydim? Ne diye burada durup aptal gibi, seyrettim! Nasıl oluyor da ateşlenmiş bir çocuğun sayıklamalarına kulak asmadım. Ama ben aptalım. Hiçbir şey düşünemedim. Hiçbir şey göremedim. Sanki bütün bunlar olması gereken şeylerdi; sanki benimle ilgisi yoktu; bırakmış farbala peşinde koşuyorum!.. Hayır, ben, Varenka, karşı koyacağım; yarın, belki de, iyileşeceğim, o zaman karşı koyacağım!.. Canım, ben, tekerleğin altına atacağım; sizin gitmenize izin vermeyeceğim! Hayır, gerçekten de bu nedir böyle? Ne hakla oluyor bütün bunlar? Ben de sizinle geleceğim; arabanızın arkasından koşacağım, eğer beni almazsanız gücümle koşacağım, ruhum bedenden ayrılıncaya dek. Ama nereye gittiğinizi biliyor musunuz, nereye gidiyorsunuz, canım? Belki de bilmiyorsunuz bunu, bana sorsanıza! Orası bozkır, bir tanem, orası bozkır, çırılçıplak bozkır; işte tıpkı benim çıplak avucum gibi! Orada duygusuz kocakarıyla okumamış adam, sarhoş sarhoş gezer. Orada artık ağaçların yaprakları dökülmüştür, yağmur vardır, soğuktur; ama siz oraya gidiyorsunuz! Tabii, Bay Bıkov'un orada işi varmış; orada tavşan peşinde koşacak o; peki ya siz? Siz bey karısı olmak istiyor musunuz, canım? Ama, siz çocuk meleğimsiniz benim! Bir baksanıza kendinize, bir bey karısına benziyor musunuz?.. Böyle bir şey nasıl olur, Varenka! Kime mektup yazacağım ben, canım? Evet! Siz bir düşünsenize bakalım, canım, şimdi bu adam kime mektup yazacak? Kime canım diyeceğim ben; böyle sevgi dolu bir isimle kime sesleneceğim? Sonra sizi ben nerede bulacağım, küçük meleğim? Ben öleceğim, Varenka, hemen öleceğim; benim kalbim kaldırmaz böyle mutsuzluğu! Ben sizi, Tanrı'nın gün ışığı gibi sevdim, öz kızım gibi sevdim, sizi hep sevdim, canım, bir tanem! Ve ben bir tek sizin için yaşıyordum! Çalışıyordum, evrak yazıyordum, gidip geliyordum, geziyordum, gözlemlerimi kâğıda aktarıyordum dostça mektuplar şeklinde, bütün bunlar, canım, siz burada, karşımda, yakında yaşadığınız içindi. Siz, belki de bilmiyordunuz bunu, ama bütün bunlar böyle oldu! Evet, dinleyin canım, siz bir tartın bakalım, sevgili güvercinim, nasıl olur, siz nasıl bizden kaçıp gidersiniz? Bir tanem, gidemezsiniz, olmaz; basitçe, kesinlikle, olamaz böyle bir şey! Zaten bakın yağmur yağıyor, siz de zayıfsınız, üşütürsünüz. Arabanız su alır; kesinlikle su alır. Şehir kapısından çıktığınız anda, kırılır; kasten kırılır. Zaten bu Petersburg'da rezil arabalar yaparlar! Bütün bu arabacıları bilirim; hepsi fason çalışır, oyuncak gibi süslerler arabaları, ama dayanıksız yaparlar! Yemin ederim, kasten yaparlar! Canım, ben, Bay Bıkov'un önünde dizlerimin üstüne çökerim; ona kanıtlayacağım, her şeyi kanıtlayacağım! Siz de canım, siz de kanıtlayın; mantıklı bir şekilde kanıtlayın ona! Burada kalacağınızı ve gidemeyeceğinizi söyleyin!.. Ah, neden bu adam Moskova'daki tüccar kadınla evlenmedi? Gitsin orada onunla evlensin! Tüccar kadın ona daha çok yakışır; bunu da çok iyi biliyorum! Ben de sizi burada tutardım. Ondan size ne canım, Bıkov'dan size ne? Birdenbire nasıl o sizin için değerli oldu? Belki de, siz size hep farbala alıyor diye, belki de sırf bu yüzden ilgi duydunuz! İyi de nedir bu farbala? Ne işe yarar farbala? Tam bir saçmalık bu, canım! Burada insan hayatından bahsediyoruz, ama canım, siz kalkmış, ıvır zıvıra takılıyorsunuz – farbalaymış; farbala budur, canım – ıvır zıvırdır. Hem ben size bizzat, maaşımı alır almaz, farbala alırım; size alırım onu, canım; o dükkân ahbabımdır zaten; maaşı alıncaya kadar bekleyin beni, çocuk meleğim benim, Varenka! Ah, Tanrım, Tanrım! Ama siz kesinlikle bozkıra gidiyorsunuz Bay Bıkov'la, dönmemek üzere gidiyorsunuz! Ah, canım!.. Hayır, bana yine yazın, bana yine mektupla yazın her şeyi ve gittiğiniz zaman, oradan mektup yazın. Yoksa, yoksa göksel meleğim benim, bu en son mektup olacak; fakat asla olamaz, bu en son mektup olamaz. Yani siz, nasıl olur, böyle birdenbire, sahiden, kesinlikle en son mektup bu! Ama olamaz, ben yazacağım, siz de yazacaksınız... Benim üslubum da daha yeni şekillenmişti... Ah, bir tanem, ne üslubu! Zaten artık ne yazdığımı bile bilmiyorum işte, hiç bilmiyorum, hiçbir şey bilmiyorum, tekrar okumuyorum da, üsluba da özen göstermiyorum, yazıyorum sırf yazmak için, sırf size daha çok yazmak için... Güvercinim benim, bir tanem, canımsınız benim!

1844-1846

KLASİKLER DİZİSİ

ADSIZ ÜLKE / Henri Alain-Fournier / Çev. Özdemir İnce
POETİKA / Aristoteles / Çev. Samih Rifat
AŞK VE GURUR / Jane Austen / Çev. Nihal Yeğinobalı
EMMA / Jane Austen / Çev. Nihal Yeğinobalı
MANSFIELD PARK / Jane Austen / Çev. Nihal Yeğinobalı
EUGÉNIE GRANDET / Honoré de Balzac / Çev. Tahsin Yücel
GİZLİ BAŞYAPIT / Honoré de Balzac / Çev. Samih Rifat
GORIOT BABA / Honoré de Balzac / Çev. Tahsin Yücel
İKİ YENİ GELİNİN ANILARI / Honoré de Balzac / Çev. Nurullah Ataç
KİBAR FAHİŞELERİN İHTİŞAM VE SEFALETİ / Honoré de Balzac / Çev. Aysel Bora
VADİDEKİ ZAMBAK / Honoré de Balzac / Çev. Tahsin Yücel
ŞEYTANİ ÖYKÜLER / Jules Barbey d'Aurevilly / Çev. Aysel Bora
JANE EYRE / Charlotte Brontë / Çev. Nihal Yeğinobalı
UĞULTULU TEPELER / Emily Brontë / Çev. Naciye Akseki Öncül
AFYON / Géza Csáth / Çev. İsmail Doğan
BEYAZLI KADIN / Wilkie Collins / Çev. Serim As Özdemir
KARANLIĞIN YÜREĞİ / Joseph Conrad / Çev. Erhun Yücesoy
LORD JIM / Joseph Conrad / Çev. Erhun Yücesoy
MUHBİR / Joseph Conrad / Çev. Erhun Yücesoy
NARCISSUS'UN ZENCİSİ / Joseph Conrad / Çev. Erhun Yücesoy
ÜÇ DENİZ ÖYKÜSÜ / Joseph Conrad / Çev. Ayça Sabuncuoğlu
SIRA DIŞI BİR ADAM VE DİĞER ÖYKÜLER / Anton Çehov / Çev. Mehmet Özgül
ÖYLE BİR HİKÂYE / Anton Çehov / Çev. Nihal Yalaza Taluy
DEĞİRMENİMDEN MEKTUPLAR / Alphonse Daudet / Çev. Volkan Yalçıntoklu
TARASCONLU TARTARIN / Alphonse Daudet / Çev. Tahsin Yücel
MOLL FLANDERS / Daniel Defoe / Çev. Nihal Yeğinobalı
SARDİNYA EFSANELERİ / Grazia Deledda / Çev. Kemal Atakay
BÜYÜK UMUTLAR / Charles Dickens / Çev. Nihal Yeğinobalı
İKİ ŞEHRİN HİKÂYESİ / Charles Dickens / Çev. Meram Arvas
OLIVER TWIST / Charles Dickens / Çev. Nihal Yeğinobalı
AMCANIN DÜŞÜ / Fyodor Dostoyevski / Çev. Nihal Yalaza Taluy
BEYAZ GECELER / Fyodor Dostoyevski / Çev. Sabri Gürses
BUDALA / Fyodor Dostoyevski / Çev. Nihal Yalaza Taluy
ÖTEKİ / Fyodor Dostoyevski / Çev. Sabri Gürses
İNSANCIKLAR / Fyodor Dostoyevski / Çev. Sabri Gürses

KARAMAZOV KARDEŞLER / Fyodor Dostoyevski / Çev. Ayşe Hacıhasanoğlu
ÖLÜLER EVİNDEN NOTLAR / Fyodor Dostoyevski / Çev. Sabri Gürses
SUÇ VE CEZA / Fyodor Dostoyevski / Çev. Sabri Gürses
TATSIZ BİR OLAY / Fyodor Dostoyevski / Çev. Nihal Yalaza Taluy
YERALTINDAN NOTLAR / Fyodor Dostoyevski / Çev. Ergin Altay
YUFKA YÜREK / Fyodor Dostoyevski / Çev. Sabri Gürses
BASKERVILLE'LERİN KÖPEĞİ / Sir Arthur Conan Doyle / Çev. Can Ömer Kalaycı
TEKİNSİZ HİKÂYELER / Sir Arthur Conan Doyle / Çev. Esra Birkan
SILAS MARNER / George Eliot / Çev. Cem Alpan
BİLİRBİLMEZLER / Gustave Flaubert / Çev. Tahsin Yücel
DUYGUSAL EĞİTİM / Gustave Flaubert / Çev. Aysel Bora
MADAM BOVARY / Gustave Flaubert / Çev. Tahsin Yücel
ÜÇ ÖYKÜ / Gustave Flaubert / Çev. Samih Rifat
TILSIMLI YÜZÜK / Friedrich de la Motte Fouqué / Çev. Zehra Kurttekin
UNDINE / Friedrich de la Motte Fouqué / Çev. Zehra Kurttekin
KIRMIZI ZAMBAK / Anatole France / Çev. Tahsin Yücel
GENÇ WERTHER'İN ACILARI / Johann Wolfgang von Goethe / Çev. Nihat Ülner
TARAS BULBA / Nikolay Gogol / Çev. Belkıs Korkmaz
ANA / Maksim Gorki / Çev. Ergin Altay
BENİM ÜNİVERSİTELERİM / Maksim Gorki / Çev. Ergin Altay
BOZGUNCU / Maksim Gorki / Çev. Mehmet Özgül
ÇOCUKLUĞUM / Maksim Gorki / Çev. Ergin Altay
İNSANLAR ARASINDA / Maksim Gorki / Çev. Ergin Altay
YAŞANMIŞ HİKÂYELER / Maksim Gorki / Çev. Ataol Behramoğlu
MUJİK / Maksim Gorki / Çev. Mehmet Özgül
ÇILGIN KALABALIKTAN UZAK / Thomas Hardy / Çev. Nihal Yeğinobalı
KVAİDAN / Lafcadio Hearn / Çev. Zeynep Avcı
KIRIK TAŞLAR / Herakleitos / Çev. Alova
GECE TABLOLARI / E.T.A. Hoffmann / Çev. Ersel Kayaoğlu - Sami Türk
KEDİ MURR'UN HAYAT GÖRÜŞLERİ / E.T.A. Hoffmann / Çev. Bilge Uğurlar - Türkis Noyan
ŞEYTANIN İKSİRLERİ / E.T.A. Hoffmann / Çev. Zehra Kurttekin
ÜSTAT PİRE / E.T.A. Hoffmann / Çev. Bilge Uğurlar - Türkis Noyan
BİR İDAM MAHKÛMUNUN SON GÜNÜ / Victor Hugo / Çev. Erhan Büyükakıncı
NOTRE-DAME'IN KAMBURU / Victor Hugo / Çev. İsmet Birkan
WASHINGTON MEYDANI / Henry James / Çev. Fatih Özgüven
LOCARNO DİLENCİSİ / Heinrich von Kleist / Çev. Alev Yalnız

MICHAEL KOHLHAAS / Heinrich von Kleist / Çev. Bilge Uğurlar - Türkis Noyan

MOBY DICK / Herman Melville / Çev. Can Ömer Kalaycı

TEHLİKELİ İLİŞKİLER / Choderlos de Laclos / Çev. Nurullah Ataç

ÂŞIK KADINLAR / D.H. Lawrence / Çev. Nihal Yeğinobalı

ATINI SÜRÜP GİDEN KADIN / D.H. Lawrence / Çev. Can Ömer Kalaycı

BAKİRE İLE ÇİNGENE / D.H. Lawrence / Çev. Tülin Nutku

GÖKKUŞAĞI / D.H. Lawrence / Çev. Tülin Nutku

LADY CHATTERLEY'İN ÂŞIĞI / D.H. Lawrence / Çev. Meram Arvas

OĞULLAR VE SEVGİLİLER / D.H. Lawrence / Çev. Tülin Nutku

ÖLEN ADAM / D.H. Lawrence / Çev. Bilge Karasu

CARMILLA / Sheridan Le Fanu / Çev. Zeynep Bilge

ZAMANIMIZIN BİR KAHRAMANI / Mihail Lermontov / Çev. Ülkü Tamer

ÂDEM'DEN ÖNCE / Jack London / Çev. Pınar Kür

BEYAZ DİŞ / Jack London / Çev. Omca Korugan

DEMİR ÖKÇE / Jack London / Çev. Erhun Yücesoy

DENİZİN ÇAĞRISI / Jack London / Çev. Şemsa Yeğin

GÜNEY DENİZİ HİKÂYELERİ / Jack London / Çev. Fatih Yiğitler

KATIKSIZ SEVGİ / Jack London / Çev. Şemsa Yeğin

MARTIN EDEN / Jack London / Çev. Erhun Yücesoy

MEKSİKALI / Jack London / Çev. Şemsa Yeğin

SUİKAST BÜROSU / Jack London / Çev. Ahmet Bora Pekiner

VAHŞETİN ÇAĞRISI / Jack London / Çev. Seçkin Selvi

İZLANDA BALIKÇISI / Pierre Loti / Çev. Barış Behramoğlu

PRENS / Niccolò Machiavelli / Çev. Kemal Atakay

BAHÇE PARTİSİ / Katherine Mansfield / Çev. Şadan Karadeniz

BAHTİYARLIK VE DİĞER ÖYKÜLER / Katherine Mansfield / Çev. Nihal Yeğinobalı

BİR HÜZÜN GÜNCESİ / Katherine Mansfield / Çev. Şadan Karadeniz

BÖCEK / Richard Marsh / Çev. Nazire Ersöz

KOMÜNİST MANİFESTO / Karl Marx - Friedrich Engels / Çev. Celâl Üster - Nur Deriş

AY IŞIĞI / Guy de Maupassant / Çev. Tahsin Yücel

ÖLÜMDEN ACI / Guy de Maupassant / Çev. Tahsin Yücel

GOLEM / Gustav Meyrink / Çev. Sami Türk

BATI PENCERESİNİN MELEĞİ / Gustav Meyrink / Çev. İsmail Candan

PUTLARIN ALACAKARANLIĞI / Friedrich Wilhelm Nietzsche / Çev. Regaip Minareci

DÜNYA VATANDAŞI / O. Henry / Çev. Püren Özgören

KUYU VE SARKAÇ / Edgar Allan Poe / Çev. Nazire Ersöz

SWANN'IN BİR AŞKI / Marcel Proust / Çev. Tahsin Yücel
SİCİLYA'DA BİR AŞK HİKÂYESİ / Ann Radcliffe / Çev. Duygu Akın
NEDİR GENE DELİ GÖNLÜNÜ ÇELEN / Sappho / Çev. Cevat Çapan
HAYALETGÖREN / Friedrich Schiller / Çev. Bilge Uğurlar - Türkis Noyan
FRANKENSTEIN YA DA MODERN PROMETHEUS / Mary Shelley / Çev. Duygu Akın
SON İNSAN / Mary Shelley / Çev. Belkıs Korkmaz
KIZIL İLE KARA / Stendhal / Çev. Nurullah Ataç
PARMA MANASTIRI / Stendhal / Çev. Samih Tiryakioğlu
DUYGUSAL BİR YOLCULUK / Laurence Sterne / Çev. Nihal Yeğinobalı
DR. JEKYLL VE MR. HYDE VE DİĞER FANTASTİK ÖYKÜLER / Robert Louis Stevenson / Çev. Duygu Akın
DRACULA / Bram Stoker / Çev. Zeynep Bilge
TOM AMCA'NIN KULÜBESİ / Harriet Beecher Stowe / Çev. Tülin Nutku
GULLIVER'İN SEYAHATLERİ / Jonathan Swift / Çev. Can Ömer Kalaycı
DİRİLİŞ / Lev Tolstoy / Çev. Nihal Yalaza Taluy
HACI MURAT / Lev Tolstoy / Çev. Nihal Yalaza Taluy
İVAN İLYİÇ'İN ÖLÜMÜ / Lev Tolstoy / Çev. Nihal Yalaza Taluy
KREUTZER SONAT / Lev Tolstoy / Çev. Nihal Yalaza Taluy
SAVAŞ VE BARIŞ / Lev Tolstoy / Çev. Zeki Baştımar - Nâzım Hikmet Ran
AVCININ NOTLARI / İvan Turgenyev / Çev. Nihal Yalaza Taluy
BABALAR VE OĞULLAR / İvan Turgenyev / Çev. Ayşe Hacıhasanoğlu
SİS / Miguel de Unamuno / Çev. Behçet Necatigil
YAMAN ADAM / Miguel de Unamuno / Çev. Behçet Necatigil
OTRANTO ŞATOSU / Horace Walpole / Çev. Zeynep Bilge
DE PROFUNDIS / Oscar Wilde / Çev. Roza Hakmen
DORIAN GRAY'İN PORTRESİ / Oscar Wilde / Çev. Nihal Yeğinobalı
MÜRVER AĞACI / Oscar Wilde / Çev. Suat Ertüzün
GERMINAL / Émile Zola / Çev. Volkan Yalçıntoklu
MEYHANE / Émile Zola / Çev. Samih Tiryakioğlu
NANA / Émile Zola / Çev. Samih Tiryakioğlu
SUÇLUYORUM / Émile Zola / Çev. Tahsin Yücel
TORMESLİ LAZARILLO / Çev. Ertuğrul Önalp - Arzu Aydonat
TÛTÎNÂME / Çev. Behçet Necatigil

KISA KLASİKLER

POLİKUŞKA / Lev Tolstoy / Çev. Mehmet Özgül
SAF BİR YÜREK / Gustave Flaubert / Çev. Samih Rifat
DÜŞÜNCE VE TARTIŞMA ÖZGÜRLÜĞÜ ÜZERİNE / John Stuart Mill / Çev. Cem Akaş
KRİTON YA DA GÖREV ÜSTÜNE / Platon / Çev. Samih Rifat
ALTINCI KOĞUŞ / Anton Çehov / Çev. Mehmet Özgül
KÂTİP BARTLEBY / Herman Melville / Çev. Kaya Genç
YÜRÜMEK / Henry David Thoreau / Çev. Selçuk Işık
DEMOKRATİK ZORBALIK / Alexis de Tocqueville / Çev. Ebru Erbaş
ÖYLESİNE BİR HİKÂYE / Anton Çehov / Çev. Nihal Yalaza Taluy
NASIL ÖLÜNÜR / Emile Zola / Çev. Aysel Bora
MORGUE SOKAĞI CİNAYETLERİ / Edgar Allan Poe / Çev. Nazire Ersöz
MUTLU OLMA SANATI / Arthur Schopenhauer / Çev. Şebnem Sunar
NYARLATHOTEP / H.P. Lovecraft / Çev. Betül Kadıoğlu
UYSAL KIZ / Fyodor Dostoyevski / Çev. Mehmet Yılmaz
EVLİLİK / Jane Austen / Çev. Berrak Göçer
İNSAN NEYLE YAŞAR / Lev Tolstoy / Çev. Çağlar Danacı
LAPA LAPA KELEBEK YAĞIYORDU / Charles Darwin / Çev. Emrah Serdan
YALNIZ SIKICI İNSANLAR KAHVALTIDA PARILDAR / Oscar Wilde / Çev. Özlem Alkan K
PALTO / Nikolay Gogol / Çev. Ayşe Hacıhasanoğlu
İŞARET MEMURU / Charles Dickens / Çev. Selçuk Işık
TATLI GELİR YAŞAMAYANA SAVAŞ / Desiderius Ersamus / Çev. Şebnem Sunar
ÇOĞUNLUĞUN ZORBALIĞI / Alexis de Tocqueville / Çev. İnci Malak Uysal
NEVA BULVARI / Nikolay Gogol / Çev. Mehmet Yılmaz
HADLEYBURG'Ü YOZLAŞTIRAN ADAM / Mark Twain / Çev. Berrak Göçer
SAVAŞ SANATI / Sun Zi / Çev. Erdem Kurtuldu
KIZIL VEBA / Jack London / Çev. Şirin Etik
KLARA MİLİÇ / İvan Turgenyev / Çev. Çağlar Danacı
KISKANÇLIK / Marcel Proust / Çev. Ebru Erbaş
SİYASAL GÖVDE / Jean-Jacques Rousseau / Çev. Tülin Ural
TEMBELLİK HAKKI / Paul Lafargue / Çev. Ebru Erbaş
ALTIN ÇANAK / E.T.A. Hoffmann / Çev. Bilge Uğurlar / Türkis Noyan
USTANIN DERSİ / Henry James / Çev. Can Ömer Kalaycı
IHLAMURLAR ALTINDA / Friedrich Schiller / Çev. Bilge Uğurlar - Türkis Noyan
DAPHNİS İLE KHLOE'NİN AŞKI / Longos / Çev. Zeynep Avcı

BURUN / Nikolay Gogol / Çev. Mehmet Yılmaz
TEFECİ GOBSECK / Honoré de Balzac / Çev. Ümit Moran Altan
BİR ÇİFT İPEK ÇORAP / Kate Chopin / Çev. Ergin Özler
GİZLİ BAŞYAPIT / Honoré de Balzac / Çev. Samih Rifat
SUÇLUYORUM / Émile Zola / Çev. Tahsin Yücel
LAVINIA / George Sand / Çev. Neslişah Leman Başaran Lotz
RÜYA / İvan Turgenyev / Çev. Uğur Büke
NEDEN BU KADAR AKILLIYIM / Friedrich Nietzsche / Çev. Şebnem Sunar
ÂDEM İLE HAVVA'NIN GÜNCESİ / Mark Twain / Çev. Selçuk Işık
EV SAHİBESİ / Fyodor Dostoyevski / Çev. Sabri Gürses
GÜNEŞİN OĞLU / Jack London / Çev. Fatih Yiğitler
TOPARLAK / Guy de Maupassant / Çev. Tahsin Yücel
KARA KEŞİŞ / Anton Çehov / Çev. Mehmet Özgül
SARI DUVAR KÂĞIDI VE DİĞER ÖYKÜLER / Charlotte Perkins Gilman / Çev. Ayşen Taşkent Ekmekçi
KIRMIZI PERDE / Jules Barbey d'Aurevilly / Çev. Aysel Bora
ESKİ PRAG ÖYKÜLERİ / Jan Neruda / Çev. Anıl Alacaoğlu
RAPPACCINI'NİN KIZI / Nathaniel Hawthorne / Çev. Zeynep Avcı
CLAUDE GUEUX / Victor Hugo / Çev. Melis Oflas